黒《くろ》き獣《けもの》は臆《おく》病《びょう》うさぎに最《さい》愛《あい》を刻《きざ》む

—Dom《ドム》/Sub《サブ》ユニバース—

月《つき》森《もり》あき

ILLUSTRATION：サマミヤアカザ

黒き獣は臆病うさぎに最愛を刻む
—Dom/Subユニバース—

LYNX ROMANCE

CONTENTS

黒き獣は臆病うさぎに最愛を刻む
—Dom/Subユニバース—

モコモコした雲が漂う青空の下、草原に寝転んだアールはうたた寝から目を覚まし、頭に生えた白い立ち耳をピンと伸ばす。

「……ママ？」

ウサギ族のネザーランドドワーフ種であるアールは耳がよく、自宅から百メートル離れているここからでも、母の呼ぶ声が聞こえた。

「うっかりねちゃった」

昼食後に散歩に出てきたが、ポカポカと暖かい日差しに眠気を誘われ、つい眠ってしまった。

帰宅が遅いので母が探しているようで、アールは慌てて飛び起き、草原を走り急いで帰路に着く。

「ママ、ぼくはここだよ！」

家の前で心配そうに周囲を見回している母を見つけ、アールは頭上で大きく手を振る。母もアールの姿を認め、ホッと息を吐いた。

困り顔で笑う母の腕に飛び込み、アールはエプロンの上から頬《ほお》ずりする。

「ママ、しんぱいしないで。ぼくはどこにもいかないよ」

微笑《ほほえ》みながら頭を撫《な》でてくれる大好きな母に、アールはギュッと抱き着いた。

「……夢か」

ここが夢か現実か確かめるように、アールは先ほどまで母を抱きしめていた両手を見つめる。

カーテンの隙間から差し込むわずかな朝日に照らされ、痩《や》せた手が白く浮かび上がった。

その手はプクプクした子供の手ではなく、大人の男性に近い骨ばった手で、アールは自身の置かれた状況が現実なのだと知り、深いため息をこぼす。

「こっちが夢だったらよかったのに」

もう何度目かわからないほど呟《つぶや》いた言葉。

幸せだった幼い頃の思い出を夢に見るたび、あの時、ここへ来る道を選ばなければよかったと思わずにはいられない。

——そんなこと考えてるの、僕だけだろうな。

アールが自嘲気味に心の中で吐き出した時、二段ベッドの下に寝ているヒツジ族メリノ種のカイルが話しかけてきた。

「朝っぱらからうるさいな。共同生活なんだから、同室者のことを考えてよ」

「ごめん、起こしちゃって」

アールが下段を覗《のぞ》き込み謝ると、カイルは薄く小さめの耳を伏せ、煩わしそうな顔をする。

「ちょっと、ベッドを覗かないで。まったく、最年長組で寮生活長いんだから、そのくらいわかるでしょ？　気遣いが足りないから売れ残るんだよ」

「……ごめん」

二歳年下のカイルに叱責《しっせき》されても、何も言い返せない。

彼が言ったことはどれも事実で、この寄宿舎において最年長の十七歳になっても残っているということは、完全な売れ残りなのだ。

先月十五歳になりこの成年寮に入ってきたカイルより、売れ残っているアールの方が立場が弱い。

「まだ早いから寝て。僕も静かにするから」

「言われなくてもそうする。今日は面談日なんだから万全の状態でいないと。パートナーに選ばれて、僕はさっさとここから出ていくんだから」

カイルはブランケットを被《かぶ》って再度眠ろうとする。

アールも出来るだけ物音を立てないように気をつけながら、横になって目を閉じた。

四人一部屋の共同生活を送っているのだから、自分勝手な行動は控えなければいけない。

すっかり目が冴《さ》えてしまって眠れそうになかったが、起床の鐘が鳴るまではこの部屋にいる決まりになっているので、散歩でもして時間を潰すわけにもいかない。

——もう、寄宿舎で暮らして十年だ。

閉じた瞼《まぶた》の裏に父と母の姿が浮かんだが、思い出の中の両親は十年前と同じ姿をしている。

勝手に寮を出ることも、両親が面会に来ることも規則で禁止されているため、七歳で寄宿舎に入って以来、二人に会っていなかった。

——パートナーに選ばれて寄宿舎を出たら、ママとパパに会いに行けるのかな？

全ては自分をパートナーに選んでくれる相手次第だろう。

両親に会える可能性があるのなら、カイルのように気合を入れて面談に臨まなくてはいけない。

だが、過去のある出来事が原因で、どうしても積極的な気持ちになれなかった。

アールはそっと右の耳を触る。

普段は被毛に隠れて見えないが、耳の先端近くに触れるとわかる程度の傷が残っていた。

これはここに来る時についたもの。

肉食獣のＤｏｍ《ドム》に噛《か》みつかれた痕で、それが原因でアールは他の草食動物のＳｕｂ《サブ》たちと違い、彼らのパートナーに選ばれることに消極的になってしまっていた。

アールが生まれ育ったメレディブ王国は、広大な領土を有する強国であり、大陸の中でも一、二を争うほど豊かな国と称されている。

その所以《ゆえん》の一つは、他国と比べ、Ｄｏｍ性を持つ者が多く存在しているからだ。

男女の性別以上に重要視されるダイナミクス性は、肉食獣がＤｏｍ（支配する者）、草食動物はＳｕｂ（支配される者）、それ以外の雑食動物や混血動物がＮｅｕｔｒａｌ《ニュートラル》で、彼らが人口の大多数を占めている。

ダイナミクス性の中で特に重宝されているのが、あらゆる面で優れた能力を持つＤｏｍであり、彼らが貴族の称号を得て要職に就き、国政を担っている。

通常、総人口の一％がＤｏｍとされる中、メレディブ王国は血統を保つために国が肉食獣の婚姻を管理することで、三％という驚異の数値を保っている。

しかし、血統の管理が行われているＤｏｍに比べ、ＳｕｂとＮｅｕｔｒａｌの婚姻に国は関与しておらず、そのため両者間での婚姻が増え、結果、ＳｕｂとＮｅｕｔｒａｌの混血が多くなり徐々にＳｕｂが減少してしまった。

ダイナミクス性の中でＤｏｍとＳｕｂは特別な繋《つな》がりを持っており、支配したいと望むＤｏｍはＳｕｂを必要とし、またＳｕｂもＤｏｍに支配されたいと本能で求めている。

Ｄｏｍが発する言葉（コマンド）にＳｕｂが従うことで成立するプレイを行うことで両者は心身の健康を保つことが出来、Ｄｏｍ同士やＳｕｂ同士、またはＮｅｕｔｒａｌとのプレイでは欲求を満たせない。ＤｏｍとＳｕｂはＮｅｕｔｒａｌと違い、定期的にプレイを必要とする身体《からだ》なのだ。

互いの存在がなくてはならないものなのだが、かつては望みのままに無理やりＳｕｂをコマンドで従わせ、過激なプレイを強要したＤｏｍもおり、肉食獣を恐れて自らの意思でパートナーを持たずに一生を終えるＳｕｂも珍しくなかった。つまり、ＳｕｂにとってＤｏｍは必要な存在である反面、コマンドという抗《あらが》いがたい命令を下す力を持っているために、畏怖の対象として見ている者も多かったのだ。

Ｓｕｂの減少は国政を担うＤｏｍにとって看過出来ない事態であり、問題に気づいた政府が三十年ほど前からＳｕｂの保護を目的に専用の寄宿舎を作り、王国の各地から入学希望者を集め始めた。

寄宿舎はメレディブ王国の王都にあり、通いではなく入寮が義務づけられ、入学対象年齢は一般的な教育機関と同じ五〜七歳程度で、Ｓｕｂであれば誰でも入学可能となっている。

子供たちはそこでダイナミクス性の重要性や、Ｓｕｂに求められる気質、振る舞いなどを学び、十五歳になると成年と見なされＤｏｍである肉食獣と引き合わされて、気に入られればパートナーになることが出来る。

地位と財力を持つＤｏｍのパートナーになれば生活を保障され、さらに家族へも金銭的な援助をしてもらえるため、ＳｕｂはＤｏｍを敬い従順に従うことを求められている。

この家族への金銭的援助はＳｕｂたちにとって非常にありがたいものであり、入学希望者が絶えない要因の一つだ。

Ｄｏｍ、Ｓｕｂ共にそれぞれ欲求を抑えるための薬は存在しているものの高価で、パートナーがいない者は一生服用しなければならず、平均的な収入しか得ていないＳｕｂには薬代が生活に重くのしかかってくる。そのため、この制度が導入された。

ただ一つ懸念する点としては、Ｓｕｂの人口減少を食い止めるためには次世代の子を産み育てる必要があり、ＤｏｍのパートナーになったＳｕｂにも国の管理の元、Ｓｕｂ同士で見合い結婚をすることが推奨されている。しかし、その部分を考慮しても、生活の不安が解消されることは魅力的だ。

そうしたことから、寄宿舎が出来て以来、子供の幸せを願い入学させるＳｕｂの親は少しずつ増えていき、現在生徒数は十五歳未満が約百二十名、十五歳～十七歳の成年が十九名と、多くの生徒を獲得している。

そしてアールも両親が望んで入学した一人で、自身も納得して寄宿舎に入ったものの、Ｄｏｍへの苦手意識が解消されず、けれど両親の期待も裏切れずに、今日まで過ごしてきた。

しかし、十八歳の誕生日を来月に控え、もう後がない状況に置かれている。

Ｄｏｍのパートナーに選ばれず十八歳になった者は、強制的に卒業しなくてはならないのだ。

過去にも寄宿舎で十八歳を迎えてしまったＳｕｂがいたそうだが、卒業させられた彼らがその後、どうしているかは知らない。

噂《うわさ》では、強制的に卒業を迎えたＳｕｂのうち何人かは、寄宿舎の創設者であり管理責任者でもあるザカリー長官の伝手《つて》でＤｏｍとパートナーを結べた例もあると聞いたが、中には故郷へ帰らざるをえなかった者もいるだろう。十年以上もの年月、親元を離れＤｏｍが望むＳｕｂとなるべく学んできたというのに、パートナーに選ばれることなく寄宿舎を去るだなんて、とてもいたたまれない。期待して送り出してくれた両親にも顔向け出来なくなってしまう。

これからのことを考えると不安がこみ上げてきて、アールはその後、再び眠りに落ちることなく、窓の外の景色が朝焼けに染まっていく様をただ眺めて、起床までの時間をやり過ごした。


月に数回ある面談日は、皆、朝からソワソワしている。

教室のあちこちからどのようなＤｏｍが現れるか、自分を選んでくれるかなどの会話が聞こえ、身だしなみを整えたり鏡相手に笑顔や所作の練習をする者もいたりと、皆、入念に身なりを整えている。人生を左右する日になるかも、と思っているからこそ、クラスメイトは最高の状態の自分をアピールするために神経を注ぎ、教師も授業を中止してＤｏｍを迎えるべく準備にあたっている。

浮立つクラスメイトたちを横目に、アールは教室の隅でポツンと立っていた。

――どんな人が来るのかな……。

アールも気になりはするものの、どんなＤｏｍが来ても自分は選ばれないだろうし、選ばれたいともやはり思えなかった。

Ｄｏｍはプレイに耐えられる身体の丈夫なＳｕｂを求める傾向にあるため、小柄なウサギ族の中でもことさら小さいネザーランドドワーフ種のアールは、Ｄｏｍの目に留まる可能性が低い。

加えて、幼い頃の体験から、誰よりも信頼するべきＤｏｍに対して恐怖心が拭えず、面談の時も下を向いて黙っているので、この年齢まで残ってしまっていた。

Ｄｏｍに選ばれなければここでの生活は全て無駄になってしまう。

しかし、自分よりずっと身体が大きい肉食獣を前にすると、無意識に萎縮してしまうのだ。

――もう、今日が最後のチャンスかもしれない。

来月、アールは十八歳になる。

十八歳になったら、寄宿舎を強制的に卒業させられてしまう。

それだけは避けなければいけない。

故郷の両親もアールの幸せを願って送り出してくれたのだから、期待を裏切れない。

――今日はせめて俯《うつむ》かずにいよう。

どうにも積極的になれない自分を奮い立たせていると、Ｄｏｍの来訪を告げる鐘が鳴り響いた。

鐘の音を聞いたクラスメイトたちは色めき立ち、教室の後方に横並びしてＤｏｍが姿を現すのを今か今かと高揚した顔で待っている。

アールは列の一番最後に並び、直立不動でじっと目の前の壁を見続けた。

しばらくすると、こちらに向かってくる足音が三つ聞こえてきた。

一つは毎日耳にしている女性教師のもので、後の二つは初めて聞く足音だ。革靴を履いているのか、木製の床をコツコツと小気味いい音を立てて歩いて来る。

——軽い足音は、翼を持つ肉食獣かな？　もう一人は……一歩が大きい。それに足音が他の二人と比べてほとんど聞こえない。

聴力が秀でているアールは、足音でその人物の体型を推測することが出来、さらにある程度どの種族かの判別も可能だ。

——存在を主張するような歩き方じゃない。気がつけば背後に迫っているような、しなやかな肢体を持つ種族……。

オオカミ族だろうか？

いや、オオカミ族ならもっと歩き方に荒々しさが出る。

——ヒョウ？　違う、ヒョウ族よりしっかりとした身体つきの……。

そこまで考えた時、教室のドアが開き、捻《ねじ》れた美しい角を持つウシ族エランド種の教師が入って来た。

「さあ、どうぞ。こちらに集まっております。ご自由に言葉を交わしてくださってかまいませんので」

ニコニコしながら後ろにいる人物に声をかけ、教師は室内へ入るよう右手を広げる。

視界の隅に、光沢のある黒いスーツを着た長身の肉食獣の姿が映った。

アールが推測した通り静かな足音の持ち主は、狩りを得意とする種族の特徴である、筋肉質だがスラリとした体躯《たいく》をしていた。

身長は二メートル近くあるだろうか。四肢も長く、バランスのいい身体つきをしている。

そして彼の後ろにもう一人、ブルーのスーツの背から翼を生やしたワシ族の男性が立っていた。

「さあ、お近くに」

教師はまず列の先頭に立つ生徒の前に彼らを促す。

Ｄｏｍから声をかけられない限り、生徒から話しかけてはいけない決まりのため、クラスメイトたちは笑顔を浮かべて最大限のアピールをする。

――今回は何人選ばれるのかな。

Ｓｕｂにはたった一人のプレイパートナーと添い遂げたいと願う習性があり、時折パートナーを解消される者もいるが、基本的には一人いれば満足出来ると言われている。

しかし、Ｄｏｍの方はそうではない者も多く、中には両手の指ほどのパートナーを持っている者もいるという。パートナーの人数は特に法律で決められておらず、これまでも一度の面談で数人のＳｕｂを引き取っていったＤｏｍもいた。

そのような時もあれば、気に入った者がいなかったと、誰も指名せずに帰ってしまうＤｏｍもいる。

Ｄｏｍが何を基準にパートナーを選ぶかは人によって違うが、人気が高いのはウマ族とシカ族の種だ。身体が丈夫であり、スタイルも秀でているからだと言われている。

現にその二種族の生徒は十五歳になるとすぐにパートナーに選ばれることが多く、対してプレイの幅が狭まる可能性があるため、身体が小さい種族は人気が低く、なかなかパートナーに望まれない。

現在、この教室にはウマ族とシカ族が数人在籍し、他にも女性のＤｏｍから人気のある、美しい桃色の羽根を持つオウム族クルマサカオウム種が一人いる。

列の最後に並んだアールの元に来るまでに選ばれる者が出てもおかしくなく、アールが選ばれるのは厳しい状況だった。

ところが意外なことに、面談に来た肉食獣は二人とも一度も立ち止まらず、最後尾のアールの前まで歩いてきたのだ。

――好みのＳｕｂがいなかったのかな？

このまま面談が終わってしまう気配に、クラスメイトが落胆している空気が伝わってくる。

アールも今回も駄目だったかと、フッと小さくため息をついた。

もう後がない状況なのに、今回も選ばれなくて焦る反面、安堵《あんど》がこみ上げてくる。

気が抜けて視線を下に落とすと、通り過ぎると思った黒いスーツを着た肉食獣が、アールの前でピタリと足を止めた。

「顔を上げてくれないか？」

「…………え？」

――僕に言ってる？

Ｄｏｍからの受けが悪いアールは、面談時に滅多に声をかけられない。

だから今のが自分に向けられた言葉かどうかわからず動けないでいると、慌てた教師に促され、ようやくそろそろと顔を持ち上げた。

「……っ」

――この人は、何？

目の前に立つ男性を見上げ、息を飲む。

闇を連想させる深い黒色の髪の隙間からは肉の薄い耳が生え、足の間から黒色の被毛に覆われた長い尾が垂れていた。

一瞬、やはりヒョウ族かと思ったが、被毛の色がそれとは違っている。

漆黒の毛色でしなやかな肢体を持つ肉食獣は、他に何があっただろうか。

過去に寄宿舎に来た肉食獣たちを思い返してみるが、彼に似た身体的特徴を持つ者はいなかった。

——それに、この人の瞳……。

長めの前髪から覗く金色の瞳はどこかガラス玉めいていて、視線が合っているはずなのに全く別のところを見ているような、不思議な眼差《まなざ》しをしていた。

思わずジッと凝視していると、ふと記憶の中で引っかかりを覚える。

——どこかで会ったことがある……？

過去に同じ目を見た気がする。

しかし、それがいつどこでだったか、はっきり思い出せない。

もしかしたら昔、彼がパートナーを探すために寄宿舎を訪れた時に見かけただけかもしれない。

「触れてもいいか？」

「え……」

「確認したいことがある」

「は、はい」

彼の声色がとても耳に心地よかったため、苦手な肉食獣が相手だというのにすんなり頷《うなず》いていた。

彼が手を伸ばし、アールの右耳に指を滑らせる。

「……っ」

古傷を撫でられびっくりして飛びすさったが、すぐにＤｏｍに失礼な態度を取ってしまったことに気づき、血の気が引いた。

「す、すみませんっ」

声を震わせながら謝罪すると、彼は柔らかく微笑み、「こちらこそすまなかった」と返してきた。

これまで出会ったＤｏｍはその地位の高さから、Ｓｕｂのことをどこか下に見ているような態度を取る者が多く、面談時もジロジロ不躾《ぶしつけ》に見分され、その視線を怖いと感じていた。

——でも、この人は違う。

触れる前にアールに許可を求め、驚いて身を引いたら謝ってくれた。

互いのダイナミクス性に関係なく、一個人として、きちんと向き合ってくれた気がする。

肉食獣のことがとても怖かったのに、彼とはこんなに近くで対峙《たいじ》していても身体が震えない。先ほども耳の傷を撫でられてびっくりしただけで、触れられること自体は嫌ではなかった。

——不思議な人。

肉食獣なのに気性の荒さが窺《うかが》えず、Ｄｏｍなのに威圧感がなく、貴族だろうに偉ぶっていない。これまで出会ったＤｏｍの誰とも違う、柔らかな雰囲気を纏《まと》うこの男性に、目を奪われた。

——この人なら、大丈夫かもしれない。

肉食獣らしくないこの人となら、パートナーになれるかも……。

アールが初めて自らそう思った時、彼が教師に向かって言った。

「彼を引き取りたい」

――僕を、引き取ってくれるの？　本当に？

彼の口から出たのはアールが待ち望んでいた言葉のはずなのに、まさか選ばれるだなんて思っていなかったので、喜びよりも戸惑いが勝ってしまう。

信じられない気持ちで男性を見上げると、目の前にスッと手を差し出された。

「私はジェラルド＝ローデマー。私のパートナーになってもらえるだろうか？」

Ｓｕｂにこんな風に窺いを立てたＤｏｍなんて見たことがなく、アールは瞳を大きく瞬《またた》かせジェラルドと名乗った肉食獣を唖然《あぜん》と見つめてしまう。

肉食獣と目を合わせることすら怖いのに、その身に触れるだなんて出来るはずがない。

けれどなぜかこの時アールは、気がつけば自身の手を彼に向かって伸ばしていた。

「よろしく、アール」

おずおずと差し出した右手をジェラルドが握り軽い握手を交わした後、彼は必要な手続きをするために教室を出ていった。

彼らが去ると同時にあちこちから落胆のため息が聞こえてきたが、数人のクラスメイトは「おめでとう」と言ってくれた。

クラスメイトが各々イスに座り講義を受ける体勢になっても、アールは自分がパートナーに選ばれたことを受け止められず、呆然《ぼうぜん》とその場に立ち尽くしていた。

寄宿舎での面談の後、アールはすぐに教師に呼ばれ、寮で荷物をまとめるよう言われた。

通常はＤｏｍのパートナーに選ばれた後も数日間は寄宿舎で暮らすのだが、ジェラルドは今日連れて帰ることを強く望んだらしい。

Ｄｏｍに服従するようにと教えられてきたアールが拒否するわけもなく、言われるままに少ない荷物をまとめ外に出ると、黒塗りに金で模様が描かれた車が停《と》まっていた。

この車という乗り物は、大小様々な歯車を噛み合わせてあり、運転手が足元のペダルを軽く漕《こ》ぐと主人が乗る大きな車体を引いて走る仕組みになっている。王都では珍しくない乗り物だが、アールが生まれた故郷では、滅多に目にしなかった。

車の前にはジェラルドともう一人、先ほど教室で彼の後ろに控えていたワシ族の男性が立っている。

ジェラルドは先ほどと同じように微笑み、アールに手を貸して乗車の補助をしてくれた。

ジェラルドが隣に、ワシ族の男性が向かいの席に腰かけると、車が走り出す。

――車に乗るのは二度目だ。初めて乗ったのは、寄宿舎に来る時……。

Ｄｏｍに対し苦手意識を抱くきっかけになった事件を思い出してしまい、アールは恐怖のあまりブルブル身体を震わせ、膝に置いた荷物を抱きしめ顔を伏せる。

「どうした？　大丈夫か？」

ジェラルドが異変に気づき、色々と声をかけてくれるが、アールは返事すらまともに出来ない。

「具合が悪いのか？」

呆《あき》れられても仕方ない態度を取っているのに、ジェラルドが根気強く声をかけてくれたおかげで、アールはようやく何が怖いのかを口に出来た。

「車が、怖くて……」

十年前に傷つけられた右耳が、ズキズキと痛み出す。

忘れたいのに忘れられない出来事が、頭に浮かんでくる。

あの日、故郷から寄宿舎に向かう車が肉食獣に襲撃された。

車にはアールの他に三人の草食動物の子供が乗っており、それを知った肉食獣がＳｕｂの子供をさらおうと襲撃してきたらしい。

その時に肉食獣に噛みつかれ、アールの右耳は少し切れてしまった。

幸い、地方の警備を行っている軍人たちが駆けつけてくれ、アールは間一髪で難を逃れたが、同乗していた子供たちは三人とも肉食獣にさらわれた。

この時の恐ろしい体験が、今もアールを苦しめている。

肉食獣を見ると足がすくんでしまうし、車にも乗れなくなった。

寄宿舎に入ると安全確保のため基本的に外出は出来ないが、年に数回、社会勉強のために王都をめぐる授業がある。車での移動となるため、アールは一度も参加出来なかった。

車に乗るのも寄宿舎から出るのも、十年ぶり。

だからこうして車に乗っているだけでとてつもない恐怖に襲われ、ジェラルドに一言しか伝えられなかったが、彼は察してくれたようだ。

「そうか、車が……」

独り言のように呟き、背をそうっと撫でてくる。

いきなり触られて驚いたけれど、ジェラルドの大きな手のひらは温かく、上下に擦《こす》られていると少しずつ気持ちが落ち着いていった。

「すまない、あと少しで着く。もうしばらく辛抱してくれ」

「は、はい」

ジェラルドの声は心地いい。

低いけれどとても柔らかいからだろうか。彼の声を聞いていると、恐怖心が薄れていく気がする。

やがて車が停車し、ジェラルドに言われて顔を上げると、窓の外には三階建ての立派な屋敷が建っていた。

玄関の前に立っていた男性が車のドアを開け、ジェラルドに一礼する。

「旦那様、おかえりなさいませ」

「ただいま。彼から先に降ろしてやってくれ」

てっきりジェラルドから降りると思っていたのに、彼はアールの手を引き、ドアへと誘う。

車の前に立つ男性が手を貸してくれ、その手を取って外へ出た。

アールは外の空気を思い切り吸い込み、深呼吸を繰り返す。

「どうだ？　気分は？」

「あ……、えっと、もう大丈夫です」

「よかった。だが念のためすぐ休めるように、君の部屋に案内しよう」

　ジェラルドに先導され、玄関ドアへ向かう。

「わぁ……」

「どうした？」

　こうして前に立つとより屋敷の大きさがわかり、アールは無意識に感嘆の声を漏らしていた。それをジェラルドに聞きとがめられる。

「こんなに大きなお屋敷を、見たことがなくて……」

　つい先ほどまで青い顔をしていたのに現金な奴《やつ》だ、と思われるかと不安になったが、ジェラルドはそっと背中を押して中へと促してきた。

「ここはローデマー家の当主が代々受け継いでいる屋敷だ。現在は私と、十数名の使用人で暮らしている。他は……彼が毎日のように顔を出しに来るくらいだな」

　彼、というのは、寄宿舎からずっと一緒に行動しているワシ族の男性のことのようだ。

　ジェラルドの言葉に、男性が苦笑交じりに言い返す。

「おいおい、幼馴染《おさななじみ》なんだから、いいじゃないか。俺もここの住人みたいなものだろう？」

「まあ、そうかもな。アール、彼はワシ族ハクトウワシ種のアイザック＝ランツォだ」

　アイザックの背には、とても大きな翼が生えている。

　翼と同じ色の髪は茶色で、ややくせ毛なのか外側に跳ねており、瞳も同様の色合いで猛禽《もうきん》類特有の射貫《いぬ》くような鋭い眼差しをしていた。

「アイザックだ。歳《とし》はジェラルドと同じ二十八で、彼とは公私共につき合いがある。たびたび顔を出すから、よろしく頼むよ」

「よ、よろしくお願いします」

アールがペコリとお辞儀をすると、アイザックが目を細めた。

「うんうん、いい子じゃないか。気に入ったぞ」

唐突に頭をグシャグシャと撫でられ身体が跳ねてしまい、ジェラルドがさりげなくアイザックから遠ざけてくれた。

「疲れているだろう、話はまた今度にしよう」

屋敷の中へと足を踏み入れると、たくさんの使用人に出迎えられた。

外から見た時も豪華だと思ったが、内装も品のいい調度品で飾られ、上質な空間を作り出していた。

ジェラルドは中央の階段を上り、二階の端にある部屋へ向かった。

ドアを開けると眩《まぶ》しいほどの陽光が部屋中に降り注いでおり、アールは思わず目を細める。

「ここはアールのために用意した部屋だ。端にあるが、屋敷の中で一番明るい。もしこの部屋が気に入らなければ言ってくれ。すぐに別の部屋を用意する」

部屋数だけはあるから、とジェラルドが冗談めかしてつけ足す。

アールは信じられない気持ちでそろそろと部屋の中央へ進んだ。

広さは寮の四人部屋よりも広く、教室と同じ程度だろうか。

小柄なアールなら三人は余裕をもって寝られそうなベッドが置かれ、バルコニーへ続く窓際にはテーブルとソファまである。他にも小さなライティングデスクと大きなクローゼットがあり、余裕を持った配置をしているからかとても広々と感じる。

――ここを、僕が使っていいの？　一人で？

Ｄｏｍのパートナーとなり引き取られた後、どんな生活が待っているのかまで想像していなかったから、予想だにしない高待遇に狼狽《うろた》えてしまう。

「バルコニーから庭が見渡せる。これからはこの部屋から見える場所いっぱいに、より多くの花を植えさせよう」

ジェラルドがアールのために考えてくれているのが伝わってくるが、こうして引き取ってもらえただけでも奇跡のような出来事で、これ以上のことを望む気になんてなれない。

アールは戸惑いながらジェラルドに訴える。

「もう十分です。僕をパートナーにしていただけただけで……。僕、旦那様のお役に立てるよう一生懸命頑張ります」

感謝を込めて伝えると、ジェラルドが少し寂しそうに微笑んだ。

「私に気を遣うことはない。好きに生活してくれていい。ただ一つ、頼みがある。私のことは名前で呼んでくれないか？」

「名前で？」

寄宿舎では、Ｄｏｍのことを『旦那様』と呼ぶように教わる。主従関係を築くのだからそれが当然だと教師が言っていた。

けれど、主人となるジェラルドが望むのなら従わなければいけない。

「ジェラルド様、とお呼びすればよろしいでしょうか？」

「いや、『様』もつけなくていい」

「え、でも……」

敬称をつけずに呼ぶなんて、と恐縮していると、二人の会話を聞いていたアイザックが補足してくれた。

「アール、これもプレイのための準備だ。俺たちＤｏｍは個々に好むプレイが違う。ジェラルドはＳｕｂに呼び捨てにされたいんだ」

「プレイの準備、ですか？」

「そうそう、そうだよな、ジェラルド？」

返答を求められたジェラルドは一瞬戸惑ったような表情を見せたが、アイザックに小突かれて「そう思ってくれていい」と認めた。

「私はアールの存在をもっと近くに感じたいと思っている。だから、気心の知れた友人のように私に接してほしい」

本当にいいのだろうか、と不安になりながらアイザックを見ると、「俺もパートナーには呼び捨てにされてる」と教えてくれた。

もしかして、パートナーになったらＤｏｍを呼び捨てにするのは意外と一般的なことなのだろうか。

わからないけれど、Ｄｏｍのジェラルドの望みは叶《かな》えなくてはいけない。

「えっと、じゃあ……ジェラルド、と呼ばせていただきます」

緊張して小さな声での呼びかけになってしまったが、ジェラルドにはしっかり聞こえたようで、満足そうに笑みを深くしてくれた。

その顔はとても優しく、彼が獰猛《どうもう》な肉食獣だということを忘れそうになる。

――いったいなんの肉食獣なのかな。

アイザックがハクトウワシ種だというのは聞いたが、ジェラルド本人の種族は聞いていない。

尋ねてもいいのかどうか判断しかねていると、ジェラルドが「どうした？」と聞いてきてくれたので、アールは思い切って質問した。

「えっと、ジェラルドの種族は……？」

ジェラルドはやや間を置いて教えてくれた。

「……ジャガー族だ」

「ジャガー族、ですか？」

「ああ。そうは見えないだろう？　毛色が違うからな。私は生まれつき被毛が黒いんだ」

一般的にジャガー族は黄褐色に黒の斑点模様が入った尾を持ち、髪も同じような色合いで毛先に黒色が入っている。ジェラルドはベースの色が黒色だから、特徴的な斑点模様が隠れてしまい種族を判別出来なかった。

――知らなかった、ジャガー族も人によって毛色が違うんだな。

一般的なジャガー族の毛色とは違うけれど、むしろ神秘的で綺麗《きれい》だと思った。

「そうだったんですね」

アールは気になっていた種族のことが聞けてすっきりとした気分だったが、反対にジェラルドが訝《いぶか》しげな顔つきになった。

「それだけか？」

「何がですか？」

「黒いジャガーなど、異様だとは思わないのか？」

「どうしてですか？」

ジャガー族に限らず、稀《まれ》に変わった毛色で生まれてくる者がいる。ウサギ族なんて黒や白といった単色の者もいれば、大部分が茶色だけれど耳や尾の先端だけ白色だったり、いくつもの色が混ざった毛色の者もいたりする。

多様な毛色の者がいるウサギ族のアールからすれば、ジャガー族のように毛色が一種類しかない方が珍しく感じていた。

だから被毛の色が違うくらいでおかしいとは思わない。ジェラルドがなぜそんなことを質問してくるのか不思議だった。

首を傾《かし》げるアールを見て、先に口を開いたのはアイザックの方だった。

「ジェラルド、本当にいい子じゃないか。お前にぴったりだよ」

そう言って背中を叩《たた》くアイザックを振り払い、ジェラルドは表情を元の柔和なものへと戻した。

「なんでもない。君が気にしないでくれるのなら、私も気にしないようにしよう」

アールにとって重要なのは、彼の被毛の色などではない。

彼自身がどういう人柄なのか、どういったプレイを望むのかだ。

ジェラルドはホッキョクグマ種のようにがっしりした大柄な体格ではないが、小柄なアールからしたら十分大きい。

――身体の小さい僕でも耐えられるプレイだといいけど……。

プレイについては寄宿舎でも教えられたが、言葉のみのプレイで満たされるＤｏｍもいれば、身体を重ねることを求めるＤｏｍもいると聞いている。

プレイの傾向に種族は関係ないようで、一人一人好むプレイが違い、また、幅もあるそうだ。

体格的に恵まれていないアールからしたら、出来るだけソフトな内容だとありがたい。

けれど、アイザックがいる前でプレイ内容を尋ねることははばかられ、アールはこれから訪れる夜のことを思い浮かべ身体を強張《こわば》らせていたが、続くジェラルドの言葉でハッと我に返った。

「では、私たちはこれで。この後、生活に必要なものを運ばせる。少し騒々しくしてしまうが、なるべく短時間で終わらせるように指示しておくから、その後はゆっくり休んでくれ。何か用がある時は、枕元の呼び鈴を鳴らせば使用人が聞きに来る。なんでも頼んでくれて大丈夫だ」

そう言い残し、ジェラルドがアイザックと共に部屋を出ていこうとしたので、アールは咄嗟《とっさ》に彼の服の袖に触れ引き止めてしまった。

「どうした？」

ジェラルドは瞳をわずかに見開き、腕にくっついているアールを見下ろす。

「あ……、すみませんっ」

Ｓｕｂから断りなくＤｏｍに触れるなど、とんでもない無礼を働いてしまった。

急いで手を離すと頭上でフッと嘆息が聞こえ、怒らせてしまったかと戦々恐々としたが、ジェラルドは叱責《しっせき》などせず、幼い子供をなだめるような優しい声色で告げてきた。

「謝る必要はない。私たちはパートナーなのだから。何か言いたいことがあるのなら、何も気兼ねせずに言ってくれていい」

――本当に？

ＤｏｍのジェラルドにＳｕｂの自分が話しかけていいのだろうか？

いけないことだと寄宿舎では教わった。Ｄｏｍに失礼だと……。

アールは困惑してしまい、押し黙る。

「どうした、まだ気分が優れないのか？」

自分が口を噤《つぐ》んだことでジェラルドに余計な心配をかけてしまったことに気づき、アールは小さな声で打ち明けた。

「……一人になることに、慣れてなくて……」

寄宿舎では夜も日中も誰かしら同じ部屋にいた。一人きりになる時間などほぼなく、だからこんなに広い部屋にポツンと残されてもどうしたらいいのかわからない。

アールがやっとのことで言葉を発すると、彼は床に片膝をつき、下から顔を見上げてきた。

ジェラルドに傅《かしず》かれている構図となり、狼狽えてしまう。

Ｄｏｍにこんなことをさせてはいけない。

ジェラルドに立ち上がるよう言おうとしたが、それよりも先に彼が口を開く。

「今日くらい傍《そば》についていてやりたいが、生憎《あいにく》急いで片づけなければいけない仕事がある。この屋敷を出る予定はないから、もし不安になったら呼び鈴を鳴らしてくれ。私を呼べばすぐ駆けつけるし、呼びつけることを遠慮してしまうのなら、耳を澄ませればいい。ウサギ族は耳がいい。同じ屋敷内にいれば、私や使用人の気配を感じられるはずだ」

部屋に人がいなくても気配を感じれば寂しくないだろう、とジェラルドは言ってくれた。

確かにそうかもしれない。

寄宿舎では意識を集中しなくても生活音が自然と耳に入ってきたから気づかなかったけれど、自分の聴力なら可能なはずだ。

何よりこの環境に慣れていかなければいけない。

十八歳になる直前まで誰にも選ばれず残っていた自分を、ジェラルドは引き取ってくれた。

とてもありがたいことだが、彼を困らせないように、煩わせないようにしなければ、パートナーを解消されてしまうかもしれない。

――僕はＳｕｂなんだから、Ｄｏｍのジェラルドに従わないといけない。

ＤｏｍがＳｕｂに求めるのは、欲求を満たすプレイパートナーとしての関係だけだと教わってきた。

だからプレイ以外のジェラルドの時間を、自分のために使わせてはいけない。

アールは寄宿舎での教えを思い出し、ジェラルドを見つめてコクリと頷く。

「わかりました。ここでお待ちしてます」

ジェラルドがプレイを必要とする時まで、この部屋で待つ。

それがＤｏｍのパートナーとなったＳｕｂの役目。

アールは不安を押し込めて、自身の役割を果たそうと決めた。

＊＊＊＊＊

窓から空を見上げ、アールは無意識にため息を吐き出す。

――また朝になっちゃった。

外はこんなに晴天だというのに、アールの心は不安で曇っていた。

ジェラルドの屋敷に引き取られてから一週間が過ぎている。

初日はジェラルドが部屋を出ていった後、色々な人がアールを訪ねて来た。

一人目は王都で仕立て屋をしているＮｅｕｔｒａｌの男性で、従業員を引き連れたくさんの生地を携えてやって来た。パートナーであるアールのために新しい服を仕立ててほしいと、ジェラルドが依頼したらしい。

アールはそれを聞き、自身の身なりを確かめた。

自分の持っている服は、寄宿舎から定期的に支給される白いシャツと赤いリボン、黒い膝下丈のパンツが三着ずつだけで、制服としての役割もあるため色も形も全て同じものだった。外部の者と会う機会や外出することはほとんどなかったため、同じ服しか持っていないことを不便だと感じたり嫌だと思ったりしたことはない。

しかし、仕立て屋が訪ねて来たことで、自分の服装は寄宿舎の外の人が見た時にとても質素に見えることに気づいた。

Ｄｏｍである肉食獣は、Ｓｕｂの草食動物やＮｅｕｔｒａｌの雑食動物と違い、貴族の称号を持ち、大きな屋敷でたくさんの使用人に囲まれて暮らし、一流品を身に着けている。そんなジェラルドからしたら、自分の格好は一緒にいることが恥ずかしいくらいの身なりに感じたのかもしれない。

アールは自分の身体に合わせた服を作ってもらったことがないため恐縮したが、彼に恥をかかせてはいけないと思い、仕立て屋に言われるまま採寸を受け生地を選んでもらい、服を何着か仕立ててもらうことにした。

服が完成するまでしばらくかかるそうで、サイズの合うスーツをいくつか渡された。

色合いはどれも淡いもので、モノトーンしか着たことがないアールは違和感を覚えたが、仕立て屋が「よくお似合いです」と手放しで褒めてくれ、さらに、間に合わせのスーツでも生地が滑らかで着心地がよく、窮屈に感じることはなくて気に入った。

そうして仕立て屋が仕事を終えて部屋から出ていった後、入れ替わりで今度は医師がやって来た。

ダイナミクス性の専門医らしく、Ｄｏｍたちの診察を主に行っており、要望があればパートナーのＳｕｂの診察もしてくれるらしい。

この医師もジェラルドが呼んでくれたそうで、寄宿舎で受けていた月に一度の集団検診と違い、問診から診察結果までとても丁寧にわかりやすい言葉で伝えてくれた。

健康面で問題は見られないとのことでひとまず安堵したが、その後に医師から抑制剤を渡されて戸惑ってしまった。

ＤｏｍとＳｕｂはプレイパートナーがいない間、欲求を抑えるために抑制剤を服用する。それは健康的な生活を送る上で欠かせない薬で、十歳前後でダイナミクス性が本格的に目覚めた時から大多数の者が飲み始める。

アールも十一歳でＳｕｂの欲求が表出し、それ以来、ずっと抑制剤を服用している。

だから薬を飲むことに抵抗はないのだが、これは基本的にはプレイパートナーがいない者が飲む薬で、ジェラルドに引き取られた自分にはもう不要なもののはず。

飲んでいてもプレイに支障はきたさないが、なぜ抑制剤を処方されるのかと怪《け》訝《げん》に思っていると、これもジェラルドの指示だと医師は告げてきた。

パートナーとして屋敷に引き取ったのに抑制剤を飲ませるということは、ジェラルドはプレイを望んでいないのだろうか。

アールはますます困惑してしまった。

――引き取ったけど、この数時間でやっぱり僕じゃ役不足だって感じた？

ならなぜ自分は追い出されないのか。このままいていいのだろうか。

医師に質問してみても、診察と処方を任されただけで詳しい話は聞いていないと返されてしまい、アールはとりあえず薬を受け取ったものの、モヤモヤとした気持ちがいつまでも消えなかった。

医師の診察が終わると次は使用人たちが挨拶《あいさつ》に来てくれた。

一人一人自己紹介してくれ、アールの部屋を担当する二人の使用人だけが残り、部屋に置いてある備品の説明をし、ハーブティーと焼き菓子を用意して退室した。

静寂が戻った室内にハーブティーの香りが漂い、匂いにつられてカップを持ち上げ嗅いでみると、柑橘《かんきつ》系の爽やかな香りを感じた。何かの果汁を落としてあるようだ。

いい香りに誘われ一口飲んでみると、ほのかに甘酸っぱい味が口内に広がり、ハーブティーの後味の苦さを軽減してくれる。

寮の食堂で提供されていたハーブティーとは違い、惜しげもなくふんだんに茶葉を使って丁寧に淹《い》れられたことがわかる美味《おい》しさだった。

続いて焼き菓子も手に取って齧《かじ》ってみると、焼き目のついた小さなパンのような見た目なのに、外側はさっくりで中はフワフワでとても甘くて目を丸くする。

世の中にこんなに美味しい食べ物があったのかと衝撃を受けたほどで、アールはあっという間に菓子とハーブティーを完食した。

小腹が満たされると先ほどのモヤモヤした気持ちも少し落ち着いてきて、イスの上で膝を抱えそのままウトウトと眠ってしまい、目覚めると部屋が薄暗くなっていた。

窓の外はすっかり日が落ちて暗くなっており、室内には使用人が気を利かせてくれたのかランプが灯《とも》されていた。

今何時なのか時計を探して室内に視線を彷徨《さまよ》わせているとドアをノックされ、ジェラルドが姿を現した。

慌てて立ち上がったアールに、ジェラルドは昼間と変わらぬ笑みを向け、夕食に誘ってくれた。

プレイの時以外は別々に生活することが多いと寄宿舎で教わっていたのでジェラルドの誘いには驚かされたが、アールに拒否する理由はなく、彼と一緒に食堂で夕食を食べて過ごした。

大人数が生活している寮では素早く食事を提供するためにワンプレートに盛りつけられていたが、この屋敷では食事をゆっくり楽しむためか、一つの料理だけが載った皿を一皿ずつ運んでこられた。

一応、身分の高いＤｏｍを不快な気分にさせないように、一通りのマナーは学んでいる。

だから見苦しくない程度にナイフとフォークを使えるのに、使用人たちに給仕されての食事に緊張して、何度かフォークを落としてしまうという失態を犯してしまった。

しかしそんな時でもジェラルドはアールを叱《しか》ったりせず、夕食のメニューは口に合ったか、ハーブティーは気に入ったかと聞いてくるばかりで、終始和やかに接してくれた。

そして、夕食が終わるといよいよプレイの時間だ。

ジェラルドにつき添われ与えられた部屋の前まで来た時に、アールの心臓は壊れてしまったのかと不安になるほど早鐘を打っていた。

プレイ相手として引き取られたのだから、ここからが本番になる。

ジェラルドを満足させられなければ、寄宿舎に戻されてしまう可能性もある。医師から渡された抑制剤は、そうなった時のためのものだったのだろうかと、不安から色々と勘ぐってしまった。

講習は受けたけれど実践は経験したことがなく、上手《うま》くジェラルドの望むプレイに応じられるだろうか。

でも、もうやるしかない。

アールが緊張から顔を蒼白《そうはく》にしていると、部屋の前に着いたジェラルドがドアを開けて中へ入るよう促してきた。

アールはゴクリと唾を飲み込み、覚悟を決めて部屋へ入る。

彼の横を通り抜ける時、体格差を急に意識してしまい、右耳に傷を負った時の記憶が蘇《よみがえ》ってきた。

この小さな傷が、面談に来たＤｏｍに興味を示されなかった理由の一つでもある。

アールも十五歳になったばかりの時に二回、肉食獣からパートナーにと指名されたことがあった。

けれど、健康状態を確認された時に耳に傷があることを知った肉食獣は、アールを引き取ることを中止したのだ。

わざわざ傷のある者を選ばなくとも、寄宿舎では他にいくらでも綺麗な身体のＳｕｂを選べる。

身体が小さいネザーランドドワーフ種であること、愛想がないこと、その上さらに耳に傷があれば、肉食獣はアールではなく他の子を選んで当然だ。

十七歳という寄宿舎で最年長となってからはさらにＤｏｍの目に留まることがなくなり、Ｓｕｂとして価値がないと言われているようで、面談日が憂鬱《ゆううつ》で仕方なかった。

そんな時に引き取ってくれたのがジェラルドで、肉食獣らしからぬ穏やかさを持つ彼とならプレイが出来るかもと思った。だが、普段は温厚でも彼は主導権を握りアールを支配する者であり、プレイとなればその凶暴な本能が目覚めるかもしれない。

――また耳を嚙まれるかも……。

当時の恐怖がまざまざと蘇り足が震え出して、室内に数歩踏み込んだところで立ち尽くしてしまう。ジェラルドも異変に気づいたようで、「大丈夫か？」と声をかけてきたが、Ｄｏｍからの質問だとわかっていても答える余裕すらなくなっていた。

ジェラルドがこちらに伸ばしてきた指先が頰を掠《かす》めた瞬間、アールは思わずその場にうずくまった。

背を丸め小さくなって震えるアールに、ジェラルドはそれ以上触れようとせず、ベッドからブランケットを持ってきてかけてくれ、「すまない」と一言告げて部屋を出ていった。

その晩、ジェラルドが再びやって来ることはなかったが、アールは彼が去った後も動けず、朝が来るまで床にうずくまったまま震えて過ごした。

朝日が昇り夜が明けるとようやく安心し、眠気に襲われ、目が覚めるとベッドに寝かされていた。おそらく使用人の誰かが運んでくれたのだろう。

目が覚めた時はすでに夕方で、昨夜の自分の態度を思い出し真っ青になってしまった。

Ｄｏｍのプレイを拒むなんてとんでもないことだ。

叱責が怖くて顔を合わせたくなかったがそういうわけにもいかず、その晩、使用人に呼ばれて恐る恐る食堂へ向かうと、先に席に着いていたジェラルドがアールを見、信じられないことに柔らかい笑みを浮かべてくれた。

さらに何事もなかったかのように当たり障りない会話を振ってきて、一言も昨夜のことに関しては口にしなかった。

ジェラルドが不快に思わなかったわけがない。

怒られて当たり前のことをしてしまったのだから。

しかし、ジェラルドは変わらぬ態度でアールに接してくれた。

それはアールにとってとてもありがたく、また、申し訳なくもあった。

Ｓｕｂとして出来損ないの自分に、こんなにも優しくしてくれる。

恩を返さなくてはいけない。

アールは次にプレイを望まれた時は出来る限りのことをしようと心に決めた。

そう誓いを立て、それからというもの夜になるたびに緊張しつつもジェラルドの訪れを待っていたのだが、なぜか初日の夜以来、彼が部屋に来ることはなかった。

「やっぱり、一日目に失敗しちゃったから……」

自分に興味を失ってしまったのだろうか。

それとも面倒くさいと思われた？

プレイパートナーとしては見られないけれど、ジェラルドは優しいからアールを追い出せないのかもしれない。

それでも、ここでずっと暮らしていける保証はない。Ｄｏｍの欲求を満たそうとしたジェラルドが他のＳｕｂを引き取ってくる可能性もある。そうなった時、不要となったアールはパートナーを解消され、出ていくことになるだろう。

――それは嫌だ。

故郷の両親には寄宿舎を卒業し、Ｄｏｍのパートナーになったことを手紙で知らせてある。先日届いた返事の手紙からは、二人がとても喜んでくれている様子が文面から滲《にじ》み出ていた。そんな両親の元に、Ｄｏｍに愛想を尽かされたからと帰れるはずがない。二人を悲しませたくなかった。

かといって、このままただ衣食住の面倒をジェラルドに負担してもらうわけにもいかない。

彼のパートナーでいるために、自分の役目をきちんと果たしたい。だが、ジェラルドは一向にプレイに誘ってきてくれず、それなら自分から持ちかけようと考えたものの、なんと切り出せばいいのかわからなくて言えずにいる。

「はぁ……」

このところ毎日ため息ばかりついている。

アールは鬱々とした気持ちのままノロノロと着替えをし、ベッドサイドのテーブルに置いてある抑制剤を一錠服用した。

――これを飲まなければどうなるのかな。

抑制剤を中止してしばらくすると、精神の均衡が少しずつ崩れ出し、プレイせずにその状態を放置し続けた場合、心身共にとても不安定になってしまうらしい。

もしアールがその状態に陥ったら、ジェラルドが落ち着かせるためにプレイしてくれるのではないだろうか。

一瞬そんなことを考えてしまったが、卑怯《ひきょう》な手を使ってプレイをしてもらっても、根本的な問題は解決しない。

――ジェラルドはどうして僕に抑制剤を飲ませるのかな……。

医師の診察を受け薬を処方されたのは、アールがプレイを拒む前だ。

ジェラルドはあの晩プレイをするつもりだっただろうに、どうしてアールの抑制剤を処方させたのか、その理由はいまだにわからない。

わからないが、アールがプレイパートナーになったら飲む必要のない抑制剤を毎日欠かさず飲んでいるのは、ジェラルドに疎まれたくないからだ。

言われたことを守れば、これ以上悪い印象は与えないだろう。

しかし、ジェラルドは特に何をしろともするなとも言ってこないから困ってしまう。

アールは着替えをすませ、大きな姿見の前に立った。

今日は淡いグリーンのスーツで、白いシャツの襟元からは首に巻いた赤いリボンが覗いている。

リボンを指でなぞり、またふぅ、と嘆息した。

このリボンは寄宿舎時代から使用しているもので、まだパートナーがいないＳｕｂの証《あかし》だ。

Ｓｕｂはプレイパートナーを持つと、特定のＤｏｍの所有物であることを示すためのカラーを贈られる。カラーは革製のしっかりしたもので、色は様々あるけれど、一目でパートナー持ちのＳｕｂだとわかる仕様になっていた。

カラーはパートナーの有無を判別するためだけのものではなく、Ｓｕｂの精神安定剤としての役割も担っている。Ｄｏｍが所有権を主張したいからカラーをつけさせているだけではなく、Ｓｕｂにとってもどｍが自分に執着しているという証であり、カラーを贈られるというのはプレイパートナーとして特別な意味を含んでいるのだ。

寄宿舎を卒業したＳｕｂは、引き取ってくれたＤｏｍからカラーを贈られるのだと教師が言っていた。生徒たちはカラーを贈られるその日を心待ちにし、Ｄｏｍの特別な存在になれることをＳｕｂの誇りとしている。

それなのにアールの首を飾っているのは、使い古した頼りない布製の赤いリボン。

ジェラルドは洋服を仕立ててくれたけれど、カラーについては一切何も口にしてこない。

それがまた、自分が彼のパートナーとして見られていないのだと痛感させられ、とても辛《つら》かった。

「仕方ないか、こんなに貧相な身体なんだから」

アールは姿見の中に映る自分をぼんやり眺める。

背が低くて痩せた身体はまだ成年前だと言っても通用するほど幼く見え、肩につくほど伸びた毛色と同じ白い髪は、出会った人に陰鬱な印象を与える。日焼けしない体質で肌は白く、青みがかったグレーの瞳からは自信のなさが窺え、それらを総合すると虚弱な印象を与えてしまうようで、血気盛んな性質の肉食獣の目には魅力的に映らないだろうと自分でも感じる。よほどの物好きでなければプレイしたいと思わないだろう。

だからジェラルドが求めてこないのも仕方ないと思う。思うけれど、やはり不安になる。

「髪を短くすれば、少しは雰囲気が変わるかな？」

試しに前髪を持ち上げてみるが、短髪にするとさらに子供っぽくなってしまいそうだ。

自分に出来る範囲でなんとか髪型をアレンジ出来ないかと鏡の前で髪をいじっていると、ドアをノックしジェラルドが入って来た。

「アール、身支度は終わったか？　まだなら出直すが」

「は、はい、もう着替え終わってます」

朝から顔を合わせるのは初めてだ。

ジェラルドは仕事のため、朝早くに屋敷を出て夕食前に帰って来る。そして食事が終わった後も、自室で仕事をしているようだった。

「今日はお仕事は？」

アールは思い切って自分から話しかけてみた。初日の夜の失敗を取り戻すべく、積極的にコミュニケーションを取ろうと思った。

肉食獣のＤｏｍに自ら話しかけるのは勇気がいったが、ジェラルドは初めてアールから声をかけられたことが嬉《うれ》しいのか、口元をほころばせた。

「アイザックとジゼルを招待したから、今日は休みを取ったんだ」

アイザックには会ったことがあるが、ジゼルとは誰だろうか。

――どこかで聞いたことある名前だけど……。

アールが記憶を手繰っていると、ドアの向こう側からアイザックがひょっこり顔を出した。

「もう話は終わったか？　入るぞ」

断りもなくズカズカ侵入してきたアイザックを、ジェラルドが押し止《とど》める。

「勝手に入るな」

「別にいいだろ」

「よくない。君だって、私がジゼルの私室に君の許可なく踏み入ったら怒るだろう？」

「当たり前だ。俺のジゼルに他のＤｏｍを近づけたくないからな。いくら幼馴染で上官でも、それとこれとは話が別だ」

間髪容《い》れずに即答したアイザックの肩を摑《つか》み、ジェラルドが「なら私の気持ちがわかるな」とドアの外へ押しやる。

そのまま外で何やら話し始めてしまい一向に戻ってこないので、そっと廊下を覗き込むと、小声で話し込むジェラルドとアイザックの傍に、一人の男性の姿があった。

アールは一目見てその男性の美しさに目を奪われる。

腰まである癖のない髪は珍しい光沢のある琥珀《こはく》色で、尾も長く錦糸のように美しい。長い睫毛《まつげ》に縁どられた瞳の色はアイスブルーで、滑らかできめ細かい肌も窓から差し込む日の光を浴びてほのかにきらめいている。

身長は百七十センチ前後で、身体のラインにぴったり沿った細身のスーツが、彼の肢体の美しさを際立たせていた。

——思い出した。

ジゼルという名前と、稀有《けう》な容貌。

直接話したことはないけれど、寄宿舎にいる時に数回目撃したことがある。

十五歳になってすぐＤｏｍからパートナーの申し込みが殺到し、Ｓｕｂの身でありながらパートナーとなるＤｏｍを選ぶという異例の事態を巻き起こした人物。

――ウマ族アハルテケ種のジゼルさんだ。

彼が寄宿舎を卒業して七年経《た》っている。

まさかここで再び出会うなんて……。

アールが驚きでしばらく凝視していると、ジゼルが近づいてきて形のいい唇を開いた。

「さっきから何ジロジロ見ている？　言っておくが、私はジェラルドになんの興味もない。妙な誤解はしないでもらおう。不愉快だ」

「す、すみません。すごく綺麗だから、目が離せなくて……」

眉根を寄せ詰問口調で問いただされ、アールは頭が真っ白になって、思っていることをそのまま口にしていた。

するとそれが意外な返答だったのか、ジゼルは虚を突かれたような顔で呟く。

「……私がジェラルドの傍にいたから睨《にら》んでいたんじゃなかったのか」

その時、アイザックと話していたジェラルドがジゼルの前に進み出た。

「ジゼル、彼が何か失礼な態度を取ってしまったのならすまない。許してやってほしい」

「許すも何も、喧嘩《けんか》していたわけじゃありません」

「そうなのか？」

ジェラルドに尋ねられ、アールは頷く。

「早とちりしてしまった。ジゼル、疑ってすまない」

「その子を守るためにしたことですから、別に気にしていません」

ジゼルの顔からは先ほどの険しさが消えていた。

何がなんだかわからず目を瞬かせていると、ジェラルドが改めて紹介してくれた。

「アール、彼はジゼル。アイザックのパートナーだ」

「そう、俺の命より大事なパートナーだ。綺麗だけど怒らせると怖いから、気をつけるんだぞ」

アイザックが彼を抱き寄せ冗談めかしてつけ加えると、ジゼルが冷たい眼差しで彼を睨みつけた。

しかし、アイザックは慣れているのか気にせずに笑っている。

「ジゼル、こちらがアールだ。先日寄宿舎から迎えたばかりで、まだここでの生活に慣れていない。Ｄｏｍの私には相談しづらいこともあるだろうから、Ｓｕｂとして色々と教えてやってほしい」

美しいジゼルに無言で見つめられるとなんだか落ち着かない気持ちになってしまうが、アールは迫力に押されながらもなんとか挨拶する。

「アールです。あの、よろしくお願いします」

「年齢は？」

「……十七歳です。もう少しで十八歳になります」

強制的に卒業させられる十八歳目前で引き取られたと知られることが気まずくて、答える声が小さくなっていく。

しかしジゼルは別の目的で年齢を聞いてきたようだ。

「十七歳ということは、私と寄宿舎にいた時期が被っているな。……覚えてないが」

「僕は覚えてます。とても綺麗な人がいるって、有名でしたから。それにＤｏｍを選んだ唯一のＳｕｂだって、今でも語り継がれてます」

そこまで話したところで、アイザックが割り込んできた。

「そうなんだ、ジゼルはすごく競争率が高くて大変だったんだ。だから、ジゼルが俺を選んでくれた時の感動は、今でも忘れられない。きっとパートナーとなる運命だったんだろうな、俺たちは」

「面倒だからくじで選んだと言ったはずだ」

当時を思い出し瞳を潤ませながら語るアイザックの言葉を、ジゼルがピシャリと訂正する。

あんまりな言い草に怒ってしまわないかハラハラしたが、アイザックはにっこり笑い、返した。

「なら俺はあの時、一生分の幸運を使ったんだな」

上機嫌なアイザックとどこか不機嫌そうなジゼルを見て、アールは心底驚いてしまった。

——Ｄｏｍをそんな風に扱っていいの？

従順に従うべき相手なのに、ジゼルはアイザックに対し、不機嫌なことを隠そうともせず遠慮なく思ったこと口に出している。

そんなジゼルの様子は寄宿舎での教えと正反対で、ただただ唖然としてしまう。

言葉を失っているアールを横目で見て、ジゼルがジェラルドに向かって言った。

「あなたがパートナーを持ったと聞いた時は驚きましたが、実際に本人に会ってみたら予想外のタイプで、また驚きました」

やはりジゼルもアールのことを、Ｄｏｍがパートナーに選ぶようなＳｕｂではないと思ったのか。

その発言がグサリと突き刺さり、顔を俯けてしまった。

「私はパートナーを持つならアールだと決めていたからな」

その言葉に違和感を覚え、チラリとジェラルドの表情を窺う。

——僕をパートナーに決めてたって、どういうこと？

先日の面談で初めて会ったはずだが、やはり以前に会ったことがあるのだろうか？

寄宿舎には不定期にＤｏｍがパートナー探しにやって来る。

中には教室まで足を運ばず、健康状態や種族だけ確認して気に入った者を引き取ったり、Ｓｕｂたちの普段の様子を陰から観察して指名する者もいる。

だから実際に対面したのは一週間前が初めてでも、ジェラルドはアールを知っていた可能性がある。

そう思ったけれど、ジゼルたちが聞いている前で尋ねることは出来ず、疑問を飲み込んだ。

「ところで、そろそろお茶会の会場へ案内してくれませんか？　美味しいハーブティーを飲みながら話をしましょう」

「ああ、そうだな、庭の温室に移動しよう」

ジェラルドの言葉から推測するに、今日は幼馴染とそのパートナーとお茶会をする予定だったらしい。ジゼルも物怖《ものお》じしていないし、三人は今日のようにたびたび顔を合わせているようだ。

アールが温室へ移動する三人を見送るため廊下に立つと、ジェラルドが数歩歩いて振り返った。

「アール？　何をしているんだ？」

「お見送りです」

「見送り？　どうしてそんなことを……」

　そこまで呟き、ジェラルドはハッとした顔をして、気まずそうな顔で告げてくる。

「言い忘れていた。今日は互いのパートナーを交えてお茶会をしようと、アイザックたちを招待したんだ。アールがいてくれないと私の立場がない。出席してもらえるか？」

「僕も、ですか？」

「ああ。アールの都合がいいのなら」

　この一週間、何もすることがなくて、夕食の時以外は自室にこもって窓の外ばかり眺めていた。そして今日も同じように時間を潰すために外を見るくらいしか予定はなく、都合が悪いはずがない。初めてパートナーとしての仕事をもらえ、アールは嬉しくて勢い込んで返事をする。

「大丈夫です、何も予定はありません」

「なら一緒に来てくれ。難しいことはない、ただ友人とのおしゃべりにつき合ってもらうだけだ」

　Ｄｏｍであるアイザックもいる場で何か粗相してしまわないかと緊張してしまうだろうが、同じＳｕｂのジゼルも同席するなら少し気が楽だ。

　アールはジェラルドの後についていき、使用人たちが用意してくれたお茶会の会場である温室へ足を踏み入れる。

　――中はこうなってたのか。

　全面透明なガラスで作られたこの建物はアールの部屋からも見え、いったいなんなのか気になっていたのだ。

先ほどジェラルドは温室と呼んでいたけれど、アールはどういった場所かピンときておらず、中へ入って室内の温かさにまず驚いた。

メレディブ王国には四季があるが、一年を通して比較的天気が安定しており、春の季節である今は特に過ごしやすい気候だ。

夏もジャケットを脱げば十分過ごせる気温だし、冬も時折雪がちらつく日もあるがセーターを着れば大抵は寒さをしのげる。

大きく天気が乱れることもなく、そのためメレディブ王国では植物がよく育ち、緑豊かで美しい国と称されている。

メレディブ王国の民はその呼び名に誇りを持っており、大多数の人がガーデニングに精を出し庭を美しい花で飾ることを好み、寄宿舎でも花壇の手入れは入念に行っていた。

だから草花が綺麗に咲いている光景は見慣れていたのだが、ジェラルドの屋敷の温室は素人のガーデニングとは明らかにレベルが違っている。

天井が高く取られた円形の温室は、アールに与えられた部屋よりもやや広く、庭の池から引いているという小川まで流れ、今の時期にはまだ早い、春の終わりに見頃を迎える花が数多く咲いていた。

開花時期が違う植物を一つの花壇にバランスよく植えることで、一般的な家庭の庭作りとは一線を画した美しさを生み出しており、果実のなる木まで植えられている。

温室の中央には木製の大きな傘が設置され、その下にはテーブルとベンチが並べられていた。

テーブルの横には給仕のために使用人が二人すでに待機しており、ジェラルドたちを目にすると静かに頭を下げ、客人の訪れを歓迎する。

アールは初めて見る温室に興奮を隠せず、ジェラルドの隣に腰を下ろしてからもキョロキョロと周りを眺めていた。

まるで子供のような仕草に、向かいに座ったアイザックが含み笑いをこぼす。

「いやー、本当に素直ないい子を連れて来たな」

それが自分のことを指しているとすぐに気づき、客人よりも温室を楽しんでいることを反省する。

アールが身を縮こまらせると、ジゼルがアイザックの脇腹を肘で突いたのが見えた。

ジゼルはアールが恥をかかないように気を利かせてくれたようだ。

「さて、まずは新作のハーブティーを飲んでみてくれ」

ジェラルドの言葉を受け、使用人がそれぞれの前にティーカップを置き、ポットからハーブティーを注ぐ。すぐに覚えのある柑橘系の香りがフワリと立ち上り、アイザックも気に入ったようで鼻をひくつかせた。

各々カップを手に持ち口をつけると、アイザックがハーブティーを絶賛し始める。

「これは美味《うま》いな。この茶葉はどこで仕入れた？」

「茶葉はその時の気分で変えているが、どこの店でも手に入る種類だ。匂いの元は、この温室で育てているその果実だな」

ジェラルドが示した先には、色が異なる赤と黄色の果実がなっている背丈の低い樹木が植えられていた。

アールはここで初めて目にしたが、どうやら王都ではよく見る植物のようだ。

アイザックが訝しそうに小首を傾げる。

「あの果実を入れたのか？　あの実は渋くて食べられないと言われているじゃないか。このハーブティーはかえって茶葉の後味の渋みを薄れさせているぞ？」

「渋いだけで毒があるわけではないから、観賞用としてでなく食用に出来ないか色々試してみたんだ。すり下ろしたり、煮たり、蒸したり、他の香辛料と混ぜたりしたが、いずれも美味いとは言いがたい状態だった。そこでハーブティーに果汁を数滴落としてみたところ、茶葉と果実、両方の渋みが消え、全く新しい味に変化した」

「へえ、すごいじゃないか。国王へ献上するハーブティーよりもずっと美味いと思うぞ？　これで商売したらずいぶん儲《もう》かるんじゃないか？」

アイザックが感心しきりにそう言うと、ジェラルドは苦笑いしながら首を左右に振った。

「それは考えつかなかった。だが、私は軍の仕事だけで手いっぱいだ。商売したいのなら、君がすればいい」

レシピを教えるぞ、とジェラルドが返すと、アイザックも鼻で笑った。

「俺もお前の補佐をするだけで手いっぱいだ。司令官という役職は元々激務なのに、部下に任せてもいい仕事まであれこれ抱え込む癖をいい加減直してくれ。これ以上、他に仕事を増やすとジゼルと過ごす時間が減ってしまう。だからお茶屋は誰か別の暇な奴に譲ろう」

「私は別に帰ってこなくてもいいが。アイザックがいない方が一人でゆっくり寝られる」

「嘘《うそ》だろ⁉　そうなのか、ジゼル⁉」

三人はハーブティーを楽しみながら会話を弾ませる。

アールはなんとなく話に入っていけず耳を傾けるだけだったが、話の中からジェラルドの職業に関するワードが出てきて頭の上の耳をピンと立てた。

——軍？　司令官？

寄宿舎の教育の一環として、Ｄｏｍの仕事内容への理解が必要だと、国政に関わる事柄も学んできた。

メレディブ王国は平和な国で他国との関係も良好だが、有事に備えて隣国との国境付近に軍を配置し、また、国内での紛争の仲裁も軍が担っている。

メレディブ王国の軍は、国内の治安維持と国の防衛、二つの役割を兼ね、全ての部隊を統べているのが司令官だ。

——まさか、ジェラルドはその司令官？

肉食獣が就いている役職は、代々その家系に受け継がれていく。

そういえば、司令官の職を受け継ぐのはジャガー族だった。

これまで、パートナーとして引き取ってもらえるだけで十分だと思い、Ｄｏｍの役職を気にしたことがなかったため、ジェラルドの種族と役職がすぐに結びつかなかった。

寄宿舎で国政について勉強したのも、Ｄｏｍの仕事をある程度知っておくことで、より献身的に尽くせるからだったのに、そこまで気が回らなかった。

――ジェラルドは国と民のために、毎日懸命に働いてたんだ。

きっと疲れていて、プレイどころではなかったのかもしれない。

それなのに、彼が夜求めてくれないとか、そんなことばかり気にして勝手に鬱々としていた。なんて自分勝手で浅はかなのだろう。

アールは心から反省する。

ジェラルドとアイザックはその後、仕事絡みの話を始め、ジゼルも時折口を挟み、三人での会話が続いていく。

ジェラルドの仕事を今知ったアールは聞いているだけしか出来ず、背中を丸めてハーブティーに口をつけてばかりだった。

すると唐突にジゼルがため息をつき、二人の会話を遮る。

「仕事の話ばかりでつまらない。今日は二人とも休日でしょう？　ならもっと楽しい話をしてください。アールもつまらなそうにしていますよ？」

ジェラルドがこちらに視線を移したのを感じ、仕事の話を中断させてしまったと焦る。

「僕のことは気にしないで、話を続けてください」

「いや、ジゼルの言う通り、今日は休日だ。休日まで仕事の話をすることはない」

ジェラルドの言葉にアイザックも同意を示して頷く。

「その通りだ。ジェラルドは仕事人間だから、口を開けば仕事仕事仕事で、俺も日頃からよくないと思っていた。まあ、最近は仕事中なのに、アールの話を聞かされるようになったけどな」

——僕の話？

何を話しているのか気になる。

アールが無意識に耳の向きをアイザックへ変え興味を示すと、彼はどこか人の悪い笑みを浮かべながら教えてくれた。

「遊びに興味がなく、一日の大半を仕事に費やしてきたジェラルドが、アールを引き取ってからさらに仕事を詰め込むようになった。どうしたのかと思ったら、今まで持ち帰っていたような仕事もなるべく職場で終わらせて、家ではパートナーのために時間を使いたいからだと言われたんだ。残業すると待たせてしまうからって、昼休憩も取らずに仕事して……。二人でゆっくり夕食を楽しみたいって言ってたな」

「え……」

確かに毎日欠かさず夕食は一緒に食べている。ジェラルドが夕食の時間に遅れたことは一度もない。アールは一緒に食事しながらジェラルドの話を聞いたり、質問に答える程度しかしていないのに、あの時間を確保するためにそんなに努力してくれていたのか。

——でも、どうして？

ジェラルドはアイザックと仕事の話をしている時の方が多弁で生き生きしていた。

それと比べてアールは、ジェラルドに特別楽しいと感じてもらえるようなことはしていないのに、仕事を詰め込んでまで夕食に間に合うように帰って来てくれるのはなぜだろう。

「ああ、それに初夜の時のこともひどく反省していたな。部屋に送っていこうとしただけだったが、かえって怖がらせてしまったって……」

――初夜？　初めてこのお屋敷に来た日のこと？

あの時、ジェラルドにプレイを求められているのだと思い込んでいたが、それは勘違いで、彼は元々プレイをするつもりがなかったということだろうか。だから、プレイを拒んだと怒ることもなかった。

――抑制剤を飲ませているのは、この先もプレイする気がないからなの？

でもそれならなぜ自分を引き取ったのだろう……。

アールが困惑していると、ジェラルドがわざとらしく咳払《せきばら》いする。

「屋敷に迎えたばかりで、まだ慣れていないからな。色々と気を配ってやらないといけないだろう？」

「それだけじゃないだろ？　今日だって無理やり一日休みを作って、俺たちを呼んでお茶会なんて開いて。俺とお前でこんなご婦人がするようなこと、したことなかったじゃないか」

「だから、気が利かない私なりにアールを気遣ったんだ」

「ふうん。アールのためだけじゃない気もするけどな。お前は最近ずいぶん楽しそうだ」

ジェラルドは再び口を開いたが、結局何も言わずにハーブティーを一気に飲み干した。

いつも鷹揚《おうよう》に構えている彼にしては珍しく慌てた様子で、アールは小首を傾げる。

夕食を共にするのは外での生活に慣れていない自分を気遣ってくれていたから、というジェラルドの説明に納得したが、アイザックはそれだけではないと言う。他の理由が何か気になったが、それきり話が途切れてしまった。

「とにかく、アールを心配してお茶会を開いたのなら、彼も楽しめる話をしましょう」

ジゼルがそうまとめてくれ、それからは最近読んだ本や購入した調度品についての話が始まり、アールでもわかる話題を出してくれた。

その中でジェラルドがチェスが上手いという話になり、アールが興味を引かれてどんなゲームか質問すると、実際にやってみることになった。

使用人にチェスボードを用意してもらい、駒の動かし方の説明が終わると、まずジェラルドとアイザックが模擬試合をして見せてくれるという。ジェラルドが解説しながら口頭で次の手を伝えると、アイザックが駒を動かし、どうやってキングを追い詰めていくかを実践で見せてくれた。

得意だとアイザックが言っただけあり、ジェラルドは三戦全勝し、アールも手ほどきしてもらうことになった。

初めて触るチェスの駒は石を削り磨き上げて作られたものだそうで、小さいのに重量を感じる。ひんやりして滑らかな触り心地が気に入った。ボードに駒を置く時のコツンという音も気持ちがいい。

「私とアールでは力量に差がありすぎるな。……アイザック、私の指示通りに駒を動かしてくれ。アールの駒の動きも読み上げてくれるか？」

「ああ、わかった」

駒を並べ終わるとボードの前をアイザックに譲り、ジェラルドは立ち上がってこちらに背を向ける。この体勢ではジェラルドからは全く盤面が見えない。

――見ないで駒の動きを把握出来るの？

先ほどの模擬試合でも、二人併せて百手前後は駒を動かしていた。開始から数手程度なら口頭で聞くだけでも駒の配置を覚えていられるだろうが、局面が進むにつれて駒はボードの上をあちこち動き回り、その位置を正確に把握するのは難しいだろう。

盤面を見ずにだなんて、そんなことが可能なのだろうか。

訝しく思うアールにアイザックが小声で囁《ささや》く。

「アールに格好いいところを見せたいみたいだ」

「僕に？」

ジェラルドはＤｏｍであり軍の司令官を務め見目もよく、ＳｕｂだけでなくＮｅｕｔｒａｌにも魅力的な男性に映ると思う。

格好いいところをわざわざ見せずとも誰もがそう思うだろうに、と思いつつも、ジェラルドが望む形でゲームを開始する。

ジェラルドは盤面を見ないままどこに駒を置くといいかも教えてくれながら、自身の駒の動きをアイザックに口頭で指示し、最終的にアールにキングを取らせてくれた。

「チェックメイト、私の負けだ」

振り返ったジェラルドは微笑んでいた。

最後まで彼は盤面を一度も見ず、完璧に互いの駒の位置を把握していた。その記憶力のよさに驚かされる。

「面白かったです。僕もジェラルドみたいに強くなれますか？」

勝てたけれどそれは全部ジェラルドが誘導してくれたからで、自分の力ではない。

アールは勝敗よりも相手の手を先読みして駒を動かす楽しさを知り、今まで感じたことのない高揚を覚える。

ジェラルドは笑みを深くし、頷き返してきた。

「もちろんだ。これから夕食の後、チェスをしよう。アールは物覚えがよく、頭の回転が速い。きっと私にも勝てるほどの腕前になる」

お世辞だとわかっているが、褒められて素直に嬉しかった。

その後、アールは様々な戦法についてジェラルドに教えてもらい、気がつけば緊張せずに話せるようになっていた。

——早く夕食の時間にならないかな。

共通の話題が出来たことできっと食事の時も会話が弾むだろう。食後の余暇としてチェスが加わったことにも心が躍る。

「楽しかったよ。今度はぜひ我が家にも来てくれ」

「そうだな、アールと一緒に寄らせてもらう」

やがてお茶会がお開きになり、アイザックとジゼルに別れの挨拶をし、二人が乗った車をジェラルドと見送った。

いつの間にか昼食の時間を過ぎており、この後二人は先ほどの温室で軽いランチを食べる予定になっている。

ランチを共にするのは初めてで、しかも温室で、ということでアールは嬉しさのあまり耳をピンと立てていた。

「温室に戻ろう」

「はいっ」

弾んだ声で返事をすると、ジェラルドにお茶会の感想を聞かれた。

アイザックもジゼルも気さくに声をかけてくれたし、ジェラルドのことも色々と知ることが出来た。

とても有意義な時間だったと感じている。

「とても楽しかったです。お二人とも話しやすい方でよかったです。チェスも面白かったです」

笑顔で感想を口にすると、ジェラルドがふいに視線を逸《そ》らし、声のトーンを落として質問してきた。

「あの二人の様子をどう思った？」

「えっと、ジゼルさんが遠慮なくアイザックさんに話しかけているのを見た時は、少し驚きました。でも、ジゼルさんは寄宿舎にいた時から特別な存在だったので」

ＳｕｂがＤｏｍをあのようにぞんざいに扱うだなんて、ありえないことだ。

けれど、パートナーとなるＤｏｍを選んだ立場のジゼルだから許されているのだろうと納得した。

アールの答えを聞いたジェラルドは柔和な表情を消し、見たことのない強い眼差しで見つめてくる。

「ジゼルが特別魅力的なＳｕｂだからという理由だけで、どのような態度を取ってもアイザックが許しているわけではない。アイザックがジゼルをただのプレイパートナーとしてではなく、恋人として大切に想っているから、彼の言動に制限をかけることをしていないんだ」

「恋人……？」

プレイパートナーと恋人は別物だ。

ＤｏｍはＳｕｂを愛さない。

あくまでＤｏｍの欲求をプレイを通して満たすことがパートナーであるＳｕｂの役目で、そこに恋愛感情は存在しない。分不相応にＤｏｍに恋しないように、と寄宿舎でも忠告された。

だからジェラルドの言葉はアールにとって信じがたいものだった。

「ＤｏｍとＳｕｂは恋人にはなれません」

「そんなことはない。寄宿舎に入学しなかったＳｕｂは自由に結婚相手を選べるだろう？　Ｄｏｍも、血統を残すために国が選出した相手と見合いさせられるが、当人が拒否すれば無理やり婚姻関係を結ばされることはない。国から許可が下りれば好きな相手と結婚も出来る。恋愛に至ってはそもそも国は関与していないし、法律で禁止されてもいない。ＤｏｍとＳｕｂであっても、互いが望めばプレイパートナー以上の関係を結べる」

ダイナミクス性の異なる者同士での恋愛が、法律で禁じられていないのはアールも知っている。

けれど、昔からの習わしとしてＤｏｍはＳｕｂをプレイパートナーとしてしか見ず、だからＳｕｂの心得として、プレイ中に優しくされても恋に落ちないよう自戒を求められる。これも血統を守るために必要なことで、あくまでプレイを介した仲だということを認識して自身の役割を全う出来る者が一人前のＳｕｂであり、そういう者をＤｏｍも求めていると教えられてきたのだ。

だからジェラルドの言葉をすんなり理解することが出来なかった。

「でも、寄宿舎ではＳｕｂはＤｏｍのプレイパートナー以上にはなれないって教わりました。Ｄｏｍもそれ以上を望んでいないと。望んでしまったら、パートナーを解消されると言われました」

寄宿舎での教師の言葉を伝えると、ジェラルドは怒ったように厳しい顔つきになった。

「パートナーを解消するかどうかは、Ｓｕｂにも選択する権利がある。Ｄｏｍから一方的に言い渡されていいはずがない。ダイナミクス性で立場の優劣を決めるのは、おかしいことなんだ。特に寄宿舎に入ったＳｕｂは、Ｄｏｍに従順に尽くすよう教育を施される。ダイナミクス性は個人の価値を定めるものではないのだから、ＳｕｂもＤｏｍに庇護《ひご》される生活をよしとするのではなく、もっと自身の可能性に目を向け、自由な人生を送っていいはずだ」

「じゃあ、寄宿舎での教えが間違っているというのですか？」

七歳で寄宿舎に入ってから十年、Ｄｏｍの望むＳｕｂになるために学んできた。

それが間違いだと言われたら、あの日々はなんだったのか……。

自身の根底にある信念が揺らぎ、進むべき未来を見失いそうな、そんな不安定な感覚に襲われる。

ジェラルドはアールの戸惑いに気づき、目元の力を抜いていつもの穏やかな表情に戻っていく。

「すまない、不安にさせたいわけではなかったんだ。……私の両親にもそれぞれＳｕｂのパートナーがいた。両親が相次いで亡くなった時、彼らは深く悲しみ、新しいパートナーを作ることなく故郷へ帰っていった。両親とパートナーの間には、愛情があったと私は思っている。それは恋愛感情ではなかったかもしれないが、それに近いものを互いに感じていたと思う。私の家族は、両親とそのパートナーである彼らだった。だから、私はただ……、ＤｏｍがＳｕｂを愛することは当たり前にあることなのだと、そう言いたかっただけだ」

正直、今すぐにジェラルドの意見全てに同意することは出来ない。けれど、彼が他のＤｏｍとどこか雰囲気が違っている理由がわかった気がする。

プレイ以外の時間を共有してくれるのも、気遣ってくれるのも、Ｓｕｂを尊重してのことだったのだ。

ジェラルドがこれほどまでに優しくしてくれたのは、この家で両親とそのパートナーたちと暮らし、愛情をかけて育ててもらったからだろう。

Ｄｏｍに恐怖心を持っていたアールからしたら、Ｓｕｂに好意的な感情を持ってくれているジェラルドに引き取られたことは幸運だった。

アールは聞けないでいた質問を、この時、ようやく口にすることが出来た。

「ジェラルドは、どうして僕をパートナーにしてくれたんですか？」

彼はやや言いよどんだ後、寂しさを滲ませた笑みを浮かべ、こう返してきた。

「……君は教室にいたどの生徒よりも緊張していて、肉食獣である私を怖がっていた。君の笑った顔が見たくて……、私が笑顔にしてあげたいと、そう思ったんだ」

ジェラルドが口にしたのは思いもよらない理由だった。

そして同時に、彼がプレイを強要しないのも、その想いからだったのだと悟る。

彼は肉食獣のＤｏｍだけど、アールが嫌がることや傷つくことはしてこない。

アールを笑顔にするためにジェラルドは自分の欲求など二の次にして、大事にしてくれているのだ。

――ジェラルドは他のＤｏｍと違うんだ。

アールはジェラルドの本心を知り、この日を境に彼の前で笑顔を見せることが増えていった。

＊＊＊＊＊

「ずいぶん緑色が多くなってきたな」

アールは庭師が毎日手入れしている庭を眺めながら、独り言を呟く。

ジェラルドの屋敷で暮らし始めて一ヵ月が過ぎ、季節は春の終わりに差しかかっている。

二週間前は庭には色とりどりの花が咲き、見る者の心を癒してくれていたが、春に咲く花は早々に散り、現在は人を元気づける色の濃い花がちらほら咲き始め、木々の葉もいくぶん嵩《かさ》が増した。

「車がない。もうお仕事に行ったのか……」

まだ朝食の時間にもなっていないというのに、ジェラルドが使っている黒地に金で模様が入った車が定位置からなくなっていた。

寄宿舎では四人部屋だったので、誰かが立てる寝息や寝返りの音で夜中に目が覚めてしまっていたが、この屋敷は一日を通してとても静かで毎晩ぐっすり熟睡出来ている。それはいいことなのだが、おかげで車が出ていく音にも気づかずジェラルドの見送りが出来ていない。

さすがにこれは甘えすぎている。

「明日は今日より早く起きよう」

アールの一日のスケジュールは夕食以外真っ白だから、早起きしてもその後の予定に支障はきたさない。

ジェラルドが仕事を終え帰宅すると一緒にテーブルを囲み美味しい料理を食べ、食後はハーブティーを飲みながらチェスの手ほどきを受ける。

チェスの腕前は上達していると思うが、まだまだジェラルドには敵《かな》わず、現在も彼は盤面を見ない状態で手合わせしてくれているが、アールは一度も勝てていない。

ジェラルドは頭の中で完璧に駒の位置を把握しているようで、いったい彼の頭脳はどうなっているのかといつも驚かされた。

今やチェスはアールの唯一の娯楽だ。

仕事で疲れているジェラルドをつき合わせるのが申し訳ないと思う時もあるが、彼もチェスが好きなようで、いい息抜きになると言ってくれている。

アールの腕前がさらに上達すれば、ジェラルドももっと楽しめるかもしれない。

せめてジェラルドを盤前に向かわせられるくらいの力をつけようと、今日も日中の有り余る時間をチェスの勉強に充てていた。

ところが最近、ジェラルドの仕事が忙しくなってしまった。

夕食の時間に間に合わない日もあり、そんな時は起きて帰りを待つようにしている。

そして先ほども仕事中のジェラルドから使いがやってきて、帰宅が遅れると言伝《ことづ》けられた。

「今日も？　昨日も帰りが遅かったのに……」

昨夜も夕食に間に合わないと連絡がきたので、アールは夜遅くまで車の音が聞こえてこないか耳に神経を集中させてベッドで横になっていた。

一度眠らずに出迎えたら、ジェラルドはアールが寝不足になることを心配して困った顔をしたので、出迎えには出ずに窓から彼の姿を確かめるだけに留めている。

ただ一目、暗がりの中でしっかりと見えなくとも、どんなに遠目からでもいいから、姿を確認したかった。その思いで昨夜もジェラルドの帰りをこっそり待っていたが、車の音は一向に聞こえず、いつの間にか眠ってしまい朝になっていた。

そして今朝も遅く起きたわけではなかったのにすでにジェラルドは屋敷を出ており、彼と顔を合わせたのは三日前の夕食の時が最後で、今夜も遅いとなると丸二日会えていないことになる。

昨夜は何時に帰って来て、今朝は何時に出発したのだろう。それすらも知らない。

元々仕事が忙しそうだったがさらに多忙になったので、さすがに彼の身体が心配だ。

それに、ここで暮らし始めてからこんなに顔を合わせなかったことはなく、自分の中でジェラルドの存在が大きくなっていたことに気がついた。

アールはジェラルドの姿をこの目で確かめたくて、その晩はずっと窓に張りついて帰りを待つことにした。

やがて夜を迎え、屋敷が寝静まった頃。

遠くから車の音が近づいてきた。

月明かりを頼りに暗闇に目を凝らすと、門の向こうで明かりが揺れている。

――車のランプだ。

思わず窓を開け身を乗り出す。

主人の帰宅を待っていた使用人が門を開け、玄関前に停車した車から背の高い人影が降り立ち、窓辺に立つアールに気づかずにドアをくぐっていった。

それを見届けると、アールは弾《はじ》かれたように廊下に出て急いで階段を下り、玄関ドアの前で上着を使用人に預けているジェラルドの元まで一目散に駆けていく。

一目見たら嬉しさがあふれ出してしまい、足音に気づきこちらを振り向いたジェラルドに飛びつくように抱き着いた。

「おかえりなさいっ」

「……アール？」

感情のままに抱き着いてしまったが、頭上から戸惑ったような声色で名前を呼ばれ、アールはハッと我に返り頭を下げる。

「すみません……っ」

Ｓｕｂの身でＤｏｍにいきなり抱き着くなんて、してはならないことだ。

いくらジェラルドと会えて嬉しかったからといっても、これまでこんな風に接したことはないのだから、驚かせてしまっただろう。

ジェラルドは頭を下げるアールを無言で見下ろしているらしく、彼から反応がないことで叱られるかも、と身を縮こまらせる。

数秒の沈黙の後、ジェラルドはふう、とため息をついた。

呆れているのか、怒っているのか……。

彼の表情を確かめるのが怖くて顔を上げられずにいると、ジェラルドがアールの頭に手を乗せ、穏やかな声音で話しかけてきた。

「謝る必要はない。こんな風に熱烈に出迎えられると思っていなくて、驚いただけだ」

「……本当に？　怒ってないですか？」

恐る恐る視線を持ち上げると、緩く微笑むジェラルドと目が合った。しかしなぜか自分を見てくれていないような、奇妙な感覚を覚える。

ジェラルドは頭に乗せた手を滑らせ、アールの顔のラインを確かめるように顎まで指でなぞり、その手を離した。

「待っていてくれて嬉しい。だが、遅くまで起きていられるとアールの身体が心配になる」

嫌がられてはいないようで安堵するが、ジェラルドの声には覇気が感じられない。

――やっぱり疲れてる？

早朝から深夜まで仕事をしているのだから、身体に疲労がたまっているだろう。

そんな姿を初めて目にしたアールは、唐突に、ジェラルドに何かしてあげたいと強く思った。

いつも親切にしてもらっているから、この機会に少しでもお返しがしたい。

「あの、僕に出来ることはありますか？」

「出来ること？　どうしてだ？」

「ジェラルドは僕を引き取ってこうして置いてくれています。だから、何かしたくて……」

何をしたら喜んでもらえるのかわからず直接聞いてみたが、ジェラルドはそんなことを言われると思っていなかったようで、軽く目を見開きしばし逡巡《しゅんじゅん》した。

「では、今度ハーブティーを淹れてもらえるか？」

いつも飲んでいる柑橘系の匂いのするハーブティーは、使用人が淹れてくれている。けれど、アールも寄宿舎でお茶の淹れ方を教わっているので、材料が揃《そろ》えば出来ると思う。

「すぐに淹れてきます」

ランプがポツポツと灯るだけの薄暗い廊下をキッチンに向かって駆け出そうとすると、ジェラルドに手首を摑まれ止められた。

「もう遅い。今すぐじゃなくていい」

「でも、すぐに用意出来ますよ？　ジェラルドは部屋で休んでてください。持っていきますから」

お茶を淹れる気満々で告げたが、ジェラルドは苦笑しながら頭を左右に振る。

「今は喉が渇いていないんだ。ハーブティーはまた今度でいい」

「……わかりました」

せっかく自分にも出来るお願いを言ってもらえたのに、すぐに叶えてあげられなくてがっかりしてしまう。

声に張りがなくなりシュンと肩を落としたことで、またジェラルドに気を遣わせてしまったようだ。彼は別の頼み事を口にした。

「まだ眠くないのなら、本を読んでもらえないか？」

「本？」

「ああ。アイザックから借りた本なんだが、読む時間がなくて置きっぱなしにしてしまっているんだ。今日は書類仕事で目が疲れていて文字を読む気になれないから、アールが辛くないなら私の部屋で本を読んで聞かせてほしい」

「やります。本、読みます」

勢い込んで即答したアールに笑みを向け、ジェラルドは私室へ向かう。

彼の部屋はアールと同じ二階にあるが、中央の階段を挟んで反対側に位置している。

部屋の場所は知っていても一度も足を踏み入れたことはなく、アールは初めて入るジェラルドの部屋を興味深く見回した。

ドアを開けるとアールの部屋と同じ広さの応接間があり、中央に大きなソファとテーブルが置かれ、それに合う調度品が飾られていた。部屋の左右にはまたドアがあり、彼は左側のドアを開ける。

この部屋は寝室らしく、大きなベッドやデスク、一人掛けのソファが置かれていた。

ジェラルドはデスクの上に置かれていた分厚い本を手に取り、アールに渡してくる。

本の表紙にはタイトルと作者名が書かれていて、タイトルに見覚えはなかったが、有名な作家の著書だった。

「アールはここに座ってくれ」

ベッドの横にイスを置き、ジェラルドはシャツのボタン二つを外して首元を寛《くつろ》げ、ベッドに仰向《あおむ》けになって目を閉じた。

照明はベッドサイドのテーブルに置かれたランプのみ。

文字を読むには少し暗く、アールはランプの下で本を開く。

「ええっと、『昔、この国は平和だった。だが、ある日を境に全ての……』」

軍で司令官補佐をしているアイザックから渡された本とのことで、仕事に関する内容なのかと思っていたが実際は創作物で、難しい専門用語が使われた類《たぐい》のものではなく、一通りの読み書きを習っていれば音読出来る本だった。

これなら問題なく読めそうだ。

しかし、字が読めても自分で読書するのと人に読み聞かせるのとではずいぶん要領が違い、何度もつっかえながら少しずつ読み進めていく。

――これ、全部読むのかな。

冒頭数ページの序章を読み終わった時、今さらながらどこまで読んだらいいのか疑問を抱く。

重さと厚みから、アールの音読スピードではとても一晩で読み終えられる本ではなく、もちろん全部読むよう言われたらそうするけれど、枕元でずっと声が聞こえていたらジェラルドも眠れないのではないだろうか。

このまま読み進めていいものか迷っていると、ジェラルドがフッと目を開けた。

「区切りのいいところまで読み終わったのか？　ならそこまででいい。とても長い物語だから、一晩では読み切れないだろう」

「でも、少ししか読んでませんよ？」

「こんなにアールの話し声を聞いたのは初めてだから、十分満足だ」

ジェラルドに対し緊張しなくなったアールは、屋敷に来たばかりの頃と比べて言葉数が増えていた。けれど元々が話し好きというわけでもなく、また、ジェラルドを楽しませられるような話題も持っていないため、彼に聞かれたことを答えたり、質問したいことがあったら聞いてみたり、というのが主だ。自分では寄宿舎時代よりも話していると思っているが、世間一般の人と比べると静かな方らしい。

今は音読という仕事を与えられ普段よりもたくさん声を出していたから、ジェラルドは物珍しかったようだ。

「下手でごめんなさい。内容は伝わりましたか？」

自分でも聞き苦しかったと自覚があるので申し訳なく思っていると、ジェラルドが起き上がり優しく微笑みかけてきた。

「私のために一生懸命読んでくれているのに、下手だなんて思わない」

「また今度、続きを読んでもいいですか？　昼間練習して、もっと上手に読めるようにしておきます」

思い切って頼んでみると、ジェラルドは頷いてくれた。

「私こそ頼みたい。だが、睡眠時間が減って体調を崩してしまわないか？」

「大丈夫です。やりたいんです、やらせてください」

初めてジェラルドから与えられた役割。

ただ本を読むだけの簡単な仕事だが、それでも彼の役に立てるということが嬉しい。

その気持ちが言葉にこもり、やや強い口調で告げたアールの頭を、ジェラルドがそうっと撫でてくれた。

「ありがとう。おかげでよく眠れそうだ」

よしよしと撫でられながら褒められ、突然、なんの前触れもなく背筋にブワッと鳥肌が立った。

それは嫌悪からでも恐怖からでもなく、これまで感じたことのない悦《よろこ》びを覚え、肌が粟立《あわだ》ったのだ。

――何、これ。

ゾクゾクするほど、気持ちがいい。

ただ頭を撫でられるのもだが、ジェラルドの低い声音で褒められると、身体から勝手に力が抜けてしまう。

どうしてこんな反応をしてしまうのかわからなかったが、ジェラルドが「楽しみにしている」と何気なく発した一言に、また背中がゾクリとした。

――これ、コマンド……？

プレイの時、ＤｏｍがＳｕｂに使う命令はコマンドと呼ばれ、Ｓｕｂはコマンドで支配されることに快感を覚え、また、Ｄｏｍに従うことで安心感を得る。

Ｄｏｍも自身に服従することに喜びを感じるＳｕｂの姿を見て、精神的に満たされるという。

人によってはプレイの延長線上に身体を求める者もいるが、『Ｋｎｅｅｌ《ニール》（おすわり）』や『Ｄｏｗｎ《ダウン》（伏せ）』、『Ｃｏｍｅ《カム》（来い）』などの軽いコマンドを使用するだけで満足する者もいる。

ダイナミクス性は従来の性別とは別のくくりとなっており、性的対象が異性でも、プレイパートナーには同性を選ぶ事例も多く、そういった場合はコマンドのみか、軽く身体に触れる程度のプレイで終わるそうだ。

中にはプレイスタイルが合わずにパートナーを解消する場合もあり、どこまでのプレイを望むかはとても重要な事項だが、現状は全ての決定権が支配する者であるＤｏｍにあり、Ｓｕｂはそれに従うしかないというのが一般的な認識だ。コマンドのみのプレイを望んでもＤｏｍに身体を求められたら従わなければいけないし、どんなに離れたくないと思っていてもパートナー解消をＤｏｍから言われたらＳｕｂは拒否することは出来ない。

時折、意に反するコマンドを使用されたことで拒絶と服従の相反する意思の間で心が揺れ、バッドトリップに陥るＳｕｂも存在する。バッドトリップに陥ると心が追い詰められ、やがて身体にも変調をきたし、処置が遅れると後遺症に苦しむことになる。

Ｄｏｍのコマンド一つでＳｕｂを幸福にも不幸にも出来るのだ。

プレイについてその程度の知識はあるが、まだ実際に経験したことはなく、Ｄｏｍからコマンドを用いられたことのないアールは、これがプレイに当たるのかどうか判断がつかなかった。

だが、ジェラルドは全く普段と変わらぬ様子で、ただアールの頑張りを労《いたわ》ってくれただけのようだ。

ならなぜジェラルドの言動に身体が過剰に反応したのだろうか。

抑制剤は毎日きちんと服用しているし、ジェラルドの何気ない一言で身体が反応してしまう原因にこれといって心当たりはなかったが、そこでふと気づいた。

――僕がＳｕｂだから？

プレイとかコマンドとか関係なく、ＳｕｂゆえにＤｏｍを求めてしまっているのか？

今まではこんなことはなかったが、Ｄｏｍであるジェラルドと長時間会えなかったことでＳｕｂの本能的な欲求が強くなってしまい、通常の会話にも反応してしまった？

きちんと欲求をコントロール出来ていればこんな風に場所をわきまえず、身体が熱くなるようなことはない。

もしかして、処方されている薬が効かなくなってきたのだろうか。

薬を変えれば元に戻ると、そう思いたかった。

そうでなければ、これからＤｏｍであるジェラルドと長時間離れて再会した時の反動が怖くなってしまう。

突然口を噤み、熱っぽい吐息を吐き出すアールの異変に、ジェラルドも気づいたらしい。

熱を測るためか首筋に手のひらを押し当てられて、剝《む》き出しの神経を触られたかのような強い快感を覚え、アールは身体を大きく戦慄《わなな》かせた。

「ん……、ゃっ……っ」

身体から一気に力が抜け、その場に崩れ落ちそうになったところをジェラルドに抱き留められる。

両手を背中に回し身体を隙間なく密着させられ、アールの心臓がこの上ない大音量でバクバクと鼓動を打ち始めた。

「アール？　どうしたんだ？」

小刻みに震える身体を、無意識に自分からジェラルドに擦りつける。

急にこんな態度を取ったらジェラルドを戸惑わせてしまうと頭ではわかっているのに、そうしたい、という強い欲求を我慢出来ない。

薄く開いた口からは切迫した吐息が繰り返し漏れ、瞳は高熱に浮かされた時のように潤み、身体に力が入らずジェラルドにしなだれかかる。

「震えてるじゃないか。熱でも……」

ジェラルドは寄りかかるアールの身体を心配そうに支えてくれていたが、やがて何かに気づいたかのように息を飲み、喉の奥から低い声を絞り出す。

「……発作か」

抑制剤でも抑えきれないほどの強い欲求を感じた時に稀に起こる発作は、Ｄｏｍとのプレイを切望し心身に変調をきたす。

発作が起きる原因には個人差があるが、抑制剤が合わない場合や、プレイの間隔が空いた時、強烈な欲求に襲われた時、またはＳｕｂが特定のＤｏｍへの想いを強く持った時などに起きやすいと言われている。

アールはこれまで抑制剤がよく効いていたため、欲求を上手くコントロール出来ており、一度も発作を起こしたことはなかった。

なので今自身の身に起こっている症状が発作なのかも自分では判別出来なかったが、ジェラルドが「発作」と口にしたことで、これがそうなのかとようやくわかった。

——発作……。どうしたらいいの？

突然の事態に、寄宿舎で習ったはずの応急処置すら浮かんでこない。

身体の熱を持て余しつつ必死に記憶をたどり、発作時用の強い薬も念のために渡されていたことを思い出した。一時しのぎでしかないけれど、とにかくこの状態を治めたい。

しかし、頼りの発作時用の薬を使用したことがなかったため、常に携帯するよう言われていたのに自室のデスクの引き出しの中に入れっぱなしになっている。

「薬……」

こんな状態では自分で取りにいけず、息を乱しながらなんとかジェラルドに発作時の薬の存在を伝えようとするが、もう会話すらままならない状態で、薬がどこにあるのか口に出来なかった。

ジェラルドはギリッと歯噛みし、唐突に身体を離しアールを床に座らせる。

「今すぐ医師を呼びにいっても、駆けつけるまで時間がかかる。急を要する事態だ、許してくれ」

許すって何を？　と疑問を抱いた直後、ジェラルドがベッドに腰かけ大きく息を吐き出す。

彼の顔からは一切の表情が消え、まるで別人かと思うほど雰囲気が変わっていた。

ジェラルドはこれまで聞いたことがない冷たい声音で、その言葉を口にする。

「『Ｃｒａｗｌ《クロール》（四つん這《ば》いになれ）』」

「っ！」

彼の言葉がまるで電流のように、アールの耳をビリッと刺激した。

その信号が耳から脳へ伝達されると同時に身体が勝手に動き出し、床に手をつき四つん這いの体勢を取る。

上手に出来たことを褒めてもらいたいという欲求がこみ上げてきて、上目遣いでジェラルドを見つめたがまだその時ではないようで、次なる命令が下された。

「『Come（来い）』」

指先を微《かす》かに動かしながら命令され、アールはフカフカの絨毯《じゅうたん》の上を四つん這いのまま進み、ベッドに座るジェラルドの前で動きを止める。

「もっと近くへ。『Come（来い）』」

アールは花の蜜に吸い寄せられる蝶《ちょう》のように、ジェラルドの両足の間にチョコンと座る。

――もっと、命令して……。

ジェラルドが命じることは、なんでもしたい。

そしてきちんと言われた通りに出来たら、その大きな手で頭を撫で、思い切り褒めてほしい。

アールは潤んだ瞳で、自分を支配し悦びを与えてくれるジェラルドをじっと見つめた。

するとジェラルドはアールの眼前に右手を差し出し、形のいい唇を微かに動かして命じてきた。

「アール、『kiss《キス》（キスしろ）』」

「っ……」

アールは息を詰め、服従の先にある喜びへの期待に胸を高鳴らせ、そろそろと彼の手の甲に唇を寄せる。

ほんのわずか手に唇が触れただけで痺《しび》れるような快感を覚え、アールは歯止めが利かなくなってキ

スを繰り返した。

——気持ちいい。ジェラルドは……？

反応を窺うためにアールが手に口づけたまま視線を持ち上げると、ジェラルドはフッと口角を持ち上げ微笑を浮かべた。

「『Ｇｏｏｄ《グッド》（上出来だ）』」

その一言で、頭の中に無数の流れ星が夜空を飛び交うようなきらめきを感じ、心も身体も甘く溶けていく。

「おいで」

両脇に手を差し込まれ彼の腰を跨《また》ぐ形で膝に乗せられて、広い胸に抱き込まれる。

「『Ｇｏｏｄ《グッ》 ｂｏｙ《ボーイ》（いい子だ）』」

髪や背を撫でられながら、甘く優しい声音で繰り返し褒めてもらい、アールの小さなしっぽがフワフワ弾むように揺れる。

ジェラルドに褒められたことで大きな安心感が胸に広がり、アールは徐々に落ち着きを取り戻していった。

発作が治まったことを確認したジェラルドはアールをベッドに降ろし、その場を離れる。彼はなぜか必要以上に距離を取り、こちらを振り返らずに告げてきた。

「……すまなかった」

後悔を滲ませた声音で謝罪され、幸せな気持ちが一瞬で引いていき、アールはわけがわからなくて質問した。

「どうして謝るんですか？」

「同意なくプレイを行ってしまったからだ。応急処置だったとはいえ、君の意思を確認せずにプレイを始めるだなんて、あってはならない」

その言葉で温室でお茶会をした日、ジェラルドが言っていたことを思い出した。

彼はダイナミクス性で立場の優劣を決めるのはおかしいと言っていた。寄宿舎ではパートナーに選んでもらった以上、ＳｕｂがＤｏｍに尽くすのは当たり前のことだと教えられてきたが、ジェラルドはＳｕｂの意思も尊重されるべきだと考えている。

それは一般論とは相反する意見だけれど、アールはジェラルドらしいなと思った。

彼はＤｏｍの絶対的に優位な立場を守るのではなく、Ｓｕｂと対等な関係を築くことこそが重要だという思いから、アールにも優しく接してくれる。

寄宿舎から引き取り、こうして何不自由のない生活をさせてくれていることをとても感謝しているから、彼に求められたらプレイに応じようと思っていた。

しかし彼は一向にプレイを求めず、今だってアールの発作を静めるためにプレイをしてくれただけで、自分の欲求を一方的に解消するために行ったことではない。

ジェラルドはアールを救ってくれただけなのに、とても辛そうな顔をしていた。

「……助けていただいて、ありがとうございました」

ジェラルドに感謝していることを伝えたくてお礼を言ったが、彼は自身の行動を後悔しているようで、こちらを見ようとしない。

傍に歩み寄ると、気配を察知したジェラルドに「それ以上近づかないでくれ」と言われてしまった。

拒絶された気がしてショックを受け硬直していると、ジェラルドがため息と共に吐き出す。

「私は欲求を満たすためだけのプレイは好まない。万が一、Ｄｏｍの本能に負けて望まぬプレイを強いることのないように、一日も欠かさずに抑制剤を飲み続けている。だが、今傍に来られると何をするかわからない。私を自分の欲求のために君を傷つけるような人間にしないでくれ」

先ほどのプレイの影響で、薬で抑え込んでいるＤｏｍの本能が目覚めそうになっているのだろうか。

自分だけ満足させてもらって、代わりにジェラルドが苦しんでいることが申し訳なくて、彼のためにもう一度プレイをしてもいいと思った。

しかし提案をする前に、ジェラルドはバスルームへ続くドアを開け内側から鍵をかけてしまう。

「ジェラルド……」

「今夜はもう、部屋に戻ってくれ。傍にいたくない」

「……っ」

Ｓｕｂの発作を体験したばかりだからわかる。

自分の意思とは関係なく思考と身体を本能に支配されていく感覚は、とても苦しく、抗うのは難しい。

だからジェラルドがどんなに心配でも、Ｓｕｂの自分が近くにいれば、本能に突き動かされて彼が望まぬプレイに発展してしまうかもしれないのだ。

そうなったらジェラルドはきっと深く自分を責める。

いくらアールがいいと言っても、自身の欲求をぶつけてしまったと自責の念に駆られるだろう。

――僕はＳｕｂだから、ジェラルドを助けられない。

他のＤｏｍが相手だったら、Ｓｕｂとしてプレイを行い気持ちを静めてあげられたかもしれない。

けれどそれを望んでいないジェラルドには、本能を駆り立てるアールの存在は邪魔でしかないのだ。

それがとても悲しかった。

「……っ」

無言で部屋を出て急ぎ足で自室へ戻り、そのままベッドに潜り込む。

何かしてあげたいのに、何も出来ないどころか彼を苦しめてしまう自分の存在が嫌になる。

せめて迷惑はかけまいと気をつけていたのに、発作を起こしてジェラルドの意に反するプレイをさせてしまった。

ジェラルドは信念を曲げて、プレイを行うことで発作を静めてくれた。

そのことで一言もアールを責めなかった。

今まで出会った誰よりも優しい人だからこそ、彼の役に立ちたいと思うのに、結局何も出来ていない。

――Ｓｕｂじゃなかったら、違ったのかな？

Ｄｏｍになりたい、とは望まない。でももしＮｅｕｔｒａｌだったなら、傍につき添うことは出来たと思う。

これまでＳｕｂであることを嫌だと思ったことはない。自分のダイナミクス性は変えられないから、考えても虚《むな》しさを感じるだけだと思っていた。

でも、初めて「Ｓｕｂでいたくない」と思った。

恩人であるジェラルドのために尽くせないのなら、他のダイナミクス性に生まれ変わりたい。

無理だとわかっているけれど、Ｎｅｕｔｒａｌとなりこの屋敷で使用人としてジェラルドに仕える自分の姿を想像し、しかし現実ではＳｕｂであるこの身が恨めしく思えた。

＊＊＊＊＊

「こんなにたくさん、ありがとうございます」

一階の応接間のテーブルの上には、小高い本の山が三つ出来ている。

その山の向こう側で、今日も変わらぬ美しさを誇るジゼルが優雅な所作でカップを口に運んだ。

「私の本じゃない。全部アイザックのものだ。アイザックは本の収集が趣味で、うちの書庫は本があふれている。今度実際に見に来るといい」

「そうなんですね。ジェラルドに聞いて、一緒に伺わせてもらいます」

アールは目を輝かせ、山のてっぺんにある本を手に取りパラパラめくる。

この本はメレディブ王国の歴史書のようで、寄宿舎時代に勉強した内容がちらほら書いてあった。

——アイザックさんは本当に本が好きなんだな。

こうしてアイザックから本を借りるのは三回目だ。本はアイザックの好みで選んでくれているそうで、創作の話から史実をまとめたもの、美術書など、多岐にわたっている。

全部読み終わる頃に、またジェラルドを通してアイザックに新しい本を貸してほしいとお願いしよう。

——一日二冊読むとして、二週間あれば読み終わるかな。

アールが読書スケジュールを立てていると、ジゼルが眉間に皺《しわ》を寄せ口をへの字に曲げて言った。

「そんなに本が好きなのか？　毎回かなりの量を持ってくるのに、あっという間に読み終わってるじゃないか。一日中、本を読んで過ごしているのか？」

「はい。寄宿舎には古い本しか置いてなかったので、こうして貸していただけてとても嬉しいです」

「他にやりたいことはないのか？」

ジゼルは読書の趣味がないようで、信じられないという口ぶりだ。

パートナーのアイザックはとても読書家なのに、趣味は異なっているらしい。

開いていた本を閉じ、アールも聞いてみた。

「僕はつい最近まで寄宿舎で生活していたので、外の世界について、とても無知だということに気づいたんです。だから、本を読んで色々勉強しないといけないって思って……。ジゼルさんは普段何をして過ごしてるんですか？」

「何もしていない。こうしてハーブティーを飲んだり、庭を散歩したりするくらいだ。アイザックが帰宅するまでは私の休憩時間だな」

「休憩時間？」

——休憩にしたらずいぶん長いような？

疑問に思っていると、ジゼルが目線を伏せ早口で説明した。

「私たちＳｕｂの役割はＤｏｍを癒すことだ。だからパートナーがいない時間は休息に充てている。昼も夜も働いて疲れてしまっては、プレイに支障をきたすからな」

プレイ後の体調は人によってそれぞれらしく、不調が解消され健康的になる人もいれば、休養を要する人もいる。

ジゼルは後者の体質ゆえに、パートナーのアイザックとのプレイに全力で応えられるよう、日中は体力の消耗を抑えているようだ。

——Ｓｕｂとして、しっかりＤｏｍをサポートしてるんだな。

寄宿舎で学んだＤｏｍとＳｕｂの関係そのものの生活を送っているジゼルと話していると、自分はこれでいいのかと自信がなくなってくる。

ジェラルドとコマンドのみのプレイをしてから三週間が過ぎた。

あの日の翌日、珍しくジェラルドが仕事に出る前に部屋を訪ねて来てくれ、プレイを一方的に始めたことと部屋から追い出したことを改めて謝罪された。

ジェラルドはあまり眠れなかったのか顔色が悪く、彼が謝ることなど一つもないと伝えたかったが、ここで謝罪を受け入れなかったら顔を合わせるたびに謝られる気がして、アールはいったん言いたい言葉を飲み込んだ。

ジェラルドはそれ以来、いっそうアールを気遣ってくれている。

表面上は二人の関係は何も変わっていないように見えるけれど、ジェラルドはアールの隣を歩く時、以前より距離を取るようになった。何かの弾みで手が当たってしまうことすら警戒しているし、こちらの反応を窺いながら話しているような、いわゆる腫物扱いをされている。

仕事を理由に夕食を一緒に取る機会も減り、チェスの時間もなくなった。週に一度、半日だけは仕事を休み一緒に過ごすようにしてくれているけれど、数日ぶりに顔を合わせてもどこか壁を感じてしまい、当たり障りのない会話をポツリポツリと交わすくらいだった。

考えたくないけれど、ジェラルドに避けられている気がする。

でも、これは自分の勝手な思い込みで、仕事が本当に忙しくて時間を取れない可能性もある。睡眠時間を削って働いているから疲れていて、話も上の空で聞いているのかもしれない。

真実はわからないけれど、今より前の方が楽しかった。

なんとか関係を修復したくて、アールはジェラルドのために本を読む練習をしたり、自分から楽しい会話が出来るように色々な情報を得たりしようと思った。

けれど、あの夜から現在に至るまで、一度も本の続きを読んでほしいと言われていない。

——あの本、もう読んじゃったのかな。

あれもアイザックから借りたと言っていたが、自分で読んで返却してしまったのだろうか。それともまだデスクの上に置いたまま、続きを読んでいないのだろうか。

聞きたいけれど、自分から続きを音読すると申し出て鬱陶《うっとう》しいと思われたくなくて、結局ジェラルドに聞けていない。

——僕のやってることって、ジェラルドの役に立ってない……。

おそらく、ＤｏｍのパートナーになっているＳｕｂは、プレイ以外の部分で役に立とうとは思わないだろう。

だが、プレイを求められないアールは、別の方法でジェラルドに必要とされるしかないのだ。

ジゼルとの会話の中で自分の役立たずぶりを再認識してしまい、胸が苦しくなってきた。

——本当は、プレイしてほしい。

寄宿舎にいた頃は、Ｄｏｍのことを恐れていたし、この屋敷に来て最初の夜もジェラルドに恐怖心を抱き、拒んでしまった。

だが今は、プレイパートナーとして見てほしいと思っている。

いつ何がきっかけで考えがここまで変わったのか……それは、あの日のプレイだ。

生まれて初めてのＤｏｍとのプレイ。

肉体的な接触は最低限で、ジェラルドが口にしたコマンドも初歩的なものばかりだった。

それでも、Ｄｏｍに支配されることの喜びを知らなかったアールは、本能的な欲求が満たされ、さらにコマンドを実行して褒めてもらえたことで、Ｓｕｂとしての性が本当の意味で開花した。

アールはあの時、幸福感でとても満たされたが、ジェラルドは正反対だったのだろう。

プレイによって抑え込んでいたＤｏｍの欲求が表出し、けれどわずかに残った理性で自身の欲求を十分に満たすことなく途中でプレイを中断した。

Ｓｕｂだけでなく Ｄｏｍも、欲求が満たされない状態のままだと心身の状態が崩れ、体調不良に陥る。

その危険を承知の上でジェラルドがプレイを切り上げたのは、Ｓｕｂであるアールの意思を尊重したいからに他ならない。

——でも、僕は彼のパートナーだ。

彼のためのパートナーなのだから、無理やり欲求を抑え込まなくていい。

アールのためを思っての行動だとわかっているが、その結果、ジェラルドが苦しむことになる方が辛い。必要な時は何も遠慮せずプレイを求めてほしい。

でも、ジェラルドは優しい人だから、アールに負担をかけるよりも自分が苦しむ方を選ぶ。

——いったいどうしたらジェラルドにパートナーだって思ってもらえるのかな？

ジェラルドからパートナーだと認められたい。自分が彼を信頼しているのと同じように思ってほしい。

そうでないと、このままずっとなんの役にも立てず、この屋敷でのうのうと暮らしていくことになってしまう。

だから、当たり前にプレイをしてもらえるジゼルがとても羨《うらや》ましかった。

アイザックがジゼルを愛し大切にしているように、自分もジェラルドに愛してほしいとまでは願わない。

せめて欲求の発散のためのプレイパートナーでかまわないから、ジェラルドに必要とされたい。

思い悩んで直接そう伝えようと思ったこともあるが、ジェラルドに拒まれるのを恐れ口に出来なかった。

急に表情を曇らせたアールを見て、ジゼルが単刀直入に聞いてきた。

「ジェラルドと上手くいってないのか？」

「えっと……」

「答えなくていい。その反応だけでわかった。なんとなく、何を悩んでいるのかはわかる。ジェラルドは仕事人間だから、一緒に過ごす時間が少なくて不満なんだろう？　私がなんとかしてやろう」

ジゼルの言葉に、アールは瞳を何度も瞬かせる。

「なんとかって、どうするんですか？　お仕事で帰りが遅くなってしまってるのに」

仕事を早く切り上げさせるなんて出来ない、とアールが言うと、ジゼルはとても綺麗な微笑みを浮かべた。

「パートナーを放っておいた罰だ。困らせてやろう」

ジゼルは宣言すると、アールの手を掴んで立ち上がる。

意外にも力が強く、グイグイ引っ張られるまま廊下に出ると、ジゼルが使用人にすぐに車を玄関前につけるよう命じた。

「ジゼルさん、お帰りになるんですか？」

「違う。出かけるんだ。アールも一緒に」

「え、えぇっ」

ジェラルドの元に引き取られて以来、一度も外出していない。

せいぜい庭を散歩する程度で、敷地の外に出たことはなかった。

ジェラルドから禁止されているわけではないが、さすがに一言もなく外出するのはよくないだろう。

ジゼルを止めようとしたが、彼は立ち止まることも振り返ることもなくズンズン進んでいってしまい、車に無理やり押し込まれてしまった。

「ジ、ジゼルさん、僕は行けませんっ」

横に乗り込んだジゼルはアールの訴えに耳を貸さず、運転手に車を出すよう合図を送った。

「聞いてください。僕は屋敷から出られませんっ。それに僕、車は苦手で……」

アールが屋敷にこもっているのは、車に乗ると過去の辛い記憶が蘇るから、というのも一因だった。

寄宿舎から屋敷まで車で移動した時も途中で気分が悪くなってしまい、ジェラルドに介抱してもらった。ジェラルドがいれば車にもなんとか乗れる気がするが、彼がいないとなると倒れてしまうかもしれない。

青い顔で訴えたが車はゆっくり走り出し、そこでようやくジゼルがこちらを見た。

「真っ青じゃないか。そんなに車が苦手なのか？　寄宿舎からこの屋敷までは車で移動しただろう？

その時はどうしたんだ？」

「ジェラルドが、背中をさすってくれて……」

そう伝えると、ジゼルが背中に手を回し撫でてくれた。目を閉じその手に意識を集中すると、ジェラルドに背をさすってもらった時の記憶が蘇り、徐々に心拍数が下がっていく。

「苦手だからって逃げていたらいつまでも克服できない。少しずつでも慣れていった方がいい。それとも、ジェラルドに屋敷から出ないよう言われているのか？」

「言われてはいないですけど……。でも、何も言わずに外出するのはよくないと思います」

ジゼルはやっと納得してくれたのか、浅く頷いたが、そうではなかった。

「わかった、なら私から伝えよう。アールと王都の街を散策してくる、と」

「王都の街？」

てっきりジゼルが住むアイザックの屋敷に行くのだと思っていたので、予想外の目的地を聞かされ声が裏返ってしまう。

寄宿舎もジェラルドの屋敷も王都にあるが、実際に街中を歩いたことはない。

「ぼ、僕はいいです。あの、降ろしてください」

「降ろしてもいいが、ここで降りたら何も変わらないぞ？　ジェラルドとの仲をよくしたいのなら、黙って私についてこい」

「っ……」

葛藤はあったが、ジェラルドとの関係が少しでもよくなるのならと口を噤む。

――もうジゼルさんに任せるしかない。

彼がどんな計画を立てているのかわからないが、こんなに自信満々に言うのなら、思い切ってジゼルに任せてみよう。

アールは大人しく車に身を任せ、過去の記憶が蘇ってこないように目を閉じ、意識を別のことへ向けようと努力する。

車はしばらく走って停車し、窓の外を確かめると頑丈そうな造りの白い建物が見えた。

建物の周りは塀で囲われており、今車が停まっているのは門の目の前だ。

敷地への出入り口を塞ぐ形で車が停車したため、すぐさま門の脇に立っていた男性が駆け寄ってきた。胸当てをつけ腰に剣を差したイヌ族の男性は、車の運転手を詰問する。物々しい空気にアールが心配していると、ジゼルが薄いレースのカーテンを持ち上げ窓を開けて男性に声をかけた。

「司令官に取次ぎを。ジゼルとアールが来たと伝えてほしい」

「司令官に……？」

男性は怪訝そうに車の中に目を凝らしたが、ジゼルを見て呆《ほう》けたように口をポカンと開けた後、「ジゼル様、失礼しましたっ」と言ってすぐさま門を開けてくれた。

ジゼルはカーテンを閉め、ゆったりと長い足を組む。

先ほどのイヌ族の男性の出《い》で立ちと、彼がジゼルを知っていたことを合わせて考えると、ここは軍関係の建物なのだろうか。

「あの、ジゼルさん、ここって……」

「アイザックとジェラルドの仕事場だ」

サラリと口にしたけれど、ジェラルドは軍の最高位にあたる司令官を務め、アイザックはその補佐官をしている。

ということは、ここはメレディブ王国の軍本部ということか？

一般人が気軽に足を踏み入れられないような場所に連れて来られるとは思わず、アールは狼狽えてしまう。

「僕たちが来ていいんですか？　ジェラルドはお仕事中じゃあ……」

「特に止められなかったからいいんじゃないか？　もしジェラルドが怒ったら、私が代わりに叱られてやる。だが、怒らないと思うぞ？　大概の仕事より、アールを取るだろう」

「でも、いきなり来ていい場所じゃないですし……」

今すぐ引き返そうと提案してみたが、ジゼルは聞き入れてくれない。

車は門をくぐりそのまま敷地内を進み、白い建物の前で停まった。

建物の入り口に立っていた警備の男性も一瞬身構えたものの、車からジゼルが降り立つと背筋を伸ばし、ドアを開けてくれた。

アールがジゼルの背に隠れるようにして足を踏み入れると、廊下に敷いた絨毯の上をバタバタと駆けてくる足音が聞こえ、数秒後、廊下の角からグレーの膝下丈の上着を羽織ったアイザックが姿を現した。

「ジゼル、どうしたんだ？」

「用がないと来てはいけないのか？」

ここは用があってもふらりと立ち寄れるような場所ではないだろうに、ジゼルは高慢とも取れる口調で当然のように返す。

アイザックは苦笑しながらジゼルへ歩み寄り、彼の身体を抱きしめた。

「俺に会いたくて来てくれたのか」

「勝手に決めつけるな」

ジゼルはピシャリと否定したが、アイザックを振り払うことはなかった。

場所がどこであっても変わらない二人を少し離れた場所で見つめていると、アイザックがようやくアールの存在に気づいた。

「アールじゃないか。君も一緒だったのか」

アールが一緒だということは伝達されていなかったようで、アイザックは驚いていた。

「アイザック、ジェラルドはどこにいる？」

「執務室だが……」

「アール、行くぞ」

ジゼルは何度もここを訪れているようで建物の内部に詳しく、アイザックに案内されずとも廊下を迷いなく歩いていく。そんなジゼルをアイザックも止めようとせず、アールだけがこの状況に戸惑っていた。

「アイザックさん、ジェラルドはお仕事中ですよね？　僕が行ったら迷惑になりませんか？」

「驚くだろうが、迷惑だとは思わないさ。むしろ喜ぶ」

「でも、こんなに急に来たら、お仕事の邪魔をしてしまいます」

ジェラルドの仕事をしきりに気にする様子を見て、アイザックはアールが自らの意思で訪ねて来たわけではないと察したらしい。

ジゼルに声をかけ、ここに来ることになった経緯を聞き始める。

事情を把握したアイザックはこちらに向き直ると、仕事の邪魔になると遠慮しているアールに「今は書類を整理しているだけだから、大丈夫だ」と言ってきた。その顔には人の悪い笑みが浮かんでいて、少し不安が増してしまう。

二人に挟まれるようにして執務室の前まで案内されたが、そういえば肝心のジゼルの作戦を聞いていないことに気づいた。

「ジゼルさん、僕はこれから何をすればいいんですか？」

「何も。強いて言えば、『会えて嬉しい』と言ってやればいい」

放っておかれて寂しかった、と責めるのもありかもしれないな、とつけ加えられたが、会えたことを喜ぶ他にすることはないのだろうか？

——これだけで何が変わるっていうの？

まだ聞きたいことがあったのに、アイザックがノックを二回してドアを開けてしまった。

「可愛《かわい》いお客さんが来たぞ」

「ジゼルのことだろう？　聞こえていた。せっかく来たのだから、一緒に茶でも飲んでくればいい」

ジェラルドの声は聞こえるが、目の前に立つアイザックの背に視界を塞がれ、姿は見えない。

ジゼルが訪ねて来たことを聞いても特に怒ってはいないようで、アイザックに休憩してくるように告げている。

――僕もいるって知ったら、どんな顔をするかな。

最近の自分たちの関係を思えばあまり歓迎されない気がして、さらに不安になってくる。

「客人は一人じゃないんだ。もう一人、可愛らしい子が来ている」

「もう一人？」

「お前のパートナーだよ」

アイザックは含み笑いしながら一歩横にずれ、アールの背中を押して、大きな窓を背にデスクに向かっているジェラルドの前まで連れていく。

「アールだよ。ジゼルが連れて来てくれたんだ」

――ジェラルド……。

こんな近くで顔を合わせるのは久しぶりで少し緊張してしまったが、一目彼の姿を見たら胸の奥から熱いものがこみ上げてきて瞳が潤んだ。

彼と満足に会えないことで自分がどれほど気落ちしていたか改めて自覚し、また、ジェラルドが傍にいるというだけで寂しいと思う気持ちが消え、代わりに大きな安堵が空いた心の隙間を埋めていく。

――会いたかった……っ。

危うく涙がこぼれそうになり唇をキュッと引き結んでなんとかこらえ、笑みを浮かべる。

ジェラルドは目を見開いて動きを止め、その拍子に持っていたペンが滑り落ちて、デスクに当たってコツッと音を立てた。

その音で我に返ったジェラルドは目を眇《すが》め、顔つきを徐々に険しいものへと変えていく。それはまるで睨んでいるような目つきで、アールは心臓が縮み上がりそうになった。

――やっぱり来ちゃいけなかったんだ。

だからジェラルドは怒ってそんな顔をしたのだと、そう思った。

「おいおい、ジェラルド、驚きすぎて怖い顔になってるぞ。アールが怯《おび》えてる」

「あ、ああ、そうか。悪い」

アイザックに指摘され、彼は自身の頬を擦り表情を戻した。

「ジェラルドは怒ってないよ」

もう目つきの鋭さは消えているものの、ジェラルドはまだ状況が飲み込めていない様子で、珍しく動揺しているようだった。

「突然来てしまってすみません」

「それはいいんだが、どうしたんだ？　何かあったのか？」

ジェラルドはデスクから立ち上がりアールの傍に来てくれた。

――わ、これ軍服なのかな？

ジェラルドは、足首まで長さのある漆黒の上着を着ていて、その上から二重にベルトをし、腰には立派な剣を下げている。襟から覗くシャツの色は白で、上着と同じ黒色のネクタイを締めていた。モノトーンの味気ない軍服の胸元には多くの勲章がついており、その堂々たる姿は、彼が軍の最高位である司令官なのだと知らしめているようだった。

普段のスーツ姿も素敵だと思っていたが、初めて目にしたジェラルドの軍服姿に男性的な美しさを感じた。

　思わずほうっと吐息が漏れてしまいそうになるほどで、アールはジェラルドから目が離せなくなる。

「アール？」

　何も言わないことを不審に思われたらしく、ジェラルドがますます困惑したような顔になる。

　アールは先ほどジゼルに言われた言葉を思い出し、ひっそりと口にする。

「会いたくて……」

　一度声に出したことで、心に押し込めていた気持ちが次々にあふれ出した。

「最近、会う時間が少なくて、寂しかったんです。だからジェラルドと会いたかった。会えて嬉しいです」

　嘘偽りのない本心からの言葉を聞き、ジェラルドが息を詰める。

　何を考えているのか表情からは窺えない。

　迷惑だっただろうか、それとも少しは嬉しいと思ってくれているだろうか。

　ドキドキしながらジェラルドの反応を待っていると、彼はフッと頬を緩め、柔らかく微笑んだ。

「屋敷を空けてばかりで悪かった。私も会いに来てくれて嬉しい」

　アールはその一言で表情をパアッと明るくし、耳を天に向け伸ばす。

　――嬉しいって言ってくれた。

　突然の訪問を嫌がらずに、さらに自分と同じように会えたことを喜んでくれたことがとても嬉しい。

　しっぽが長かったらきっとブンブン振り回していたと思うくらい、このたった一言でここ数日の悩みが吹き飛んだような晴れやかな気持ちになった。

　満面の笑みで見つめていると、ふいにジェラルドが手を持ち上げた。頭を撫でてくれるのかと思ったが、なぜかそのまま腕を下ろしてしまい、アールはがっかりしてしまう。

　すると、そのやり取りを見ていたジゼルが突然割り込んできた。

「これから二人で王都を散策してきます。アールはずっと屋敷で本を読んでばかりいるから、たまには外に連れ出してやりたいので」

「二人きりでか？」

「私しか相手してやれる者がいないんですから、仕方ないでしょう？　それでは失礼します」

　ジゼルはジェラルドの返答を待たず、アールの手首を摑んでドアに向かって歩き出す。

「待て、まだ外出を許可していない」

「アールの行動に制限をかけるんですか？」

　ジゼルに問われ、ジェラルドは気まずそうに視線を彷徨わせた後、嘆息した。

「言い方を間違えた。アールは外の世界に慣れていない。出歩かせるのが心配なんだ」

　ジェラルドの言う通り、外出したことがほとんどないアール自身も、王都のような人の多い場所を歩くことに不安がある。もしかしたら、迷子になってしまうかもしれない。

「ジゼルさん、僕はジェラルドに会えただけで満足です。このまま屋敷に戻ります」

「駄目だ、街に出る」

「でも、ジェラルドも心配してるし……」

それでもジゼルは引かず、強引に引っ張って連れ出そうとする。

どうしてここまで強固に王都の街中へ連れていこうとするのだろうか。こんなに無理やり誘ってくるなんて彼らしくない。

アールが困っていると、ジェラルドがジゼルを呼び止めた。

「ジゼル、わかった。私も同行する。今仕事を片づけるから、少しだけ待っていてくれ」

ジェラルドは妥協案を提示し、アイザックを呼び寄せ仕事の調整を始めた。

「ジゼルさん、ジェラルドの仕事を中断させるのは申し訳ないです」

「ジェラルドが仕事を切り上げて同行すると言ったんだから、今すぐに処理しないといけない仕事は抱えていないのだろう。それにアイザックが、『ジェラルドはいくら言っても休もうとしない』とこぼしていた。強引に連れ出してやるくらいでちょうどいい」

「でも、ジェラルドは出かけたくないんじゃないですか？　僕だって別に王都を散策したいわけでもないですし……」

ジェラルドに迷惑をかけて、嫌われたくない。

そう思ってジゼルを思い止まらせようとしたが、彼は不機嫌そうに眉間に皺を寄せた。

「私だって散策なんてしたくない。人混みを歩くのは嫌いなんだ。人からジロジロ無遠慮に見られるし、ＤｏｍもＮｅｕｔｒａｌも関係なく声をかけてくる。カラーをしてるのにだ。煩わしいからアイザック抜きで街を歩くことはしないようにしている」

「じゃあ、どうして僕を誘ったんですか？」

ジゼルは呆れたような顔で言ってきた。

「まだわからないのか？　このまま放っておくと、ずっと同じ毎日を繰り返すだけだ。アールが会いに来てくれて、ジェラルドも喜んでいただろう？　どんどん我がままを言ってやった方がいい」

――我がままを言う？

ジゼルの言っている意味がわからず首を捻《ひね》ると、さらに言葉をつけ足された。

「ジェラルドもアールも、互いに遠慮しすぎなんだ」

我がままを言う、という部分はあまり実行出来そうにないが、遠慮し合っているのは感じていた。

「相手を思ってのことでも、それがかえって二人の距離を広げているんだ。ジェラルドのような堅物には、こちらから行動してわからせてやらないと、ずっとこのままだぞ」

「でも、ジェラルドを困らせたくないし……」

「ジェラルドは頭は固いが、パートナーに我がままを言われて困ったり怒ったりするほど、器は小さくない」

確かにジェラルドは寛容だから、小さなことで怒ることはないだろう。

それでもアールがここまで気を遣ってしまうのは、自分に自信が持てないからだった。

「まだ納得していない顔だな。なら質問を変えよう。……ジェラルドと出かけることが嬉しくないのか？」

「……嬉しいです」

突然職場に押しかけてしまったことは申し訳なく思うが、このくらいしないとジェラルドとの時間は作れなかった。初めてジェラルドと出かけられるのは楽しみだ。

「なら深く考えないで、初めての外出を楽しめばいい。アールが楽しそうにしていれば、ジェラルドも喜ぶだろうから」

その時、仕事を終えたアイザックがジゼルの元へ歩み寄り、彼の腰に手を回し抱き寄せた。

「ジゼル、お待たせ」

「お前は誘ってない」

ジゼルは眉根を寄せ憎まれ口を叩くが、アイザックは彼の性格をよくわかっているようでニヤリと笑い、彼の耳元で小声で囁く。

「アールを口実に俺に会いに来たんだろ？」

その通りだったのか、ジゼルはムッと口を引き結んだけれど、アイザックを突き放すことはなかった。

ジゼルがとても自然にアイザックと話している様子を見るたび、信頼関係を築けている二人がとても羨ましくなる。

「待たせたな」

仕事を片づけ終えたジェラルドがアールの隣に立つ。

ジェラルドとアイザックは軍服からスーツへと着替えていた。そのことを指摘すると、勤務時間以外は制服である軍服を脱ぐ決まりがあるのだと教えられた。

「さあ、行こう」

アイザックはジゼルの身体に自然と触れるのに、ジェラルドは一定の距離を保ちそれ以上近づいてこない。以前なら背に手を添えてくれただろう。

パートナーとして見ていないと態度で言われたようで、アールは密かに傷ついた。

「それで、どこに行く予定だったんだ？」

四人で車に乗り込みアイザックが行先を尋ねると、ジゼルが答えた。

「東の、商店が並ぶ通りに行こうと思ってる。色々な店があるし、客層がいいからな」

「それがいいな、アールは王都を歩いたことがないんだろ？　なら治安がいい東の方がいいだろう」

王都はおおまかに東西南北に四分割され、それぞれ特色の異なるエリアを形成している。

北には王宮を始め、軍の本部などの国政に関わる機関がまとまっており、その関係で肉食獣の屋敷が立ち並んでいる。Ｓｕｂの寄宿舎も国が運営しているため、北に位置していた。

王都への出入り口である正門がある南は商人や旅人などが多く訪れるため、宿や酒場、市場などがあり、西はＮｅｕｔｒａｌやＳｕｂが居住している住宅街だ。そして東は、主にＤｏｍが買い物や遊興に訪れる地区で、洋服店や宝石店、劇場、レストランやバーなどが建っている。

それぞれの地区への出入りに特に制限はないが、ＮｅｕｔｒａｌやＳｕｂが東のレストランに入ろうとすると入店を拒否される場合があるらしい。

アールは不参加だったけれど、寄宿舎での教育の一環で王都を散策する授業があった時は、確か南地区を回ったと聞いた。寄宿舎にいる時も、東地区を実際訪れたことのある人の話は耳にしたことはない。東は肉食獣専用の街として、周知されていた。

――Ｓｕｂの僕が行っていい場所なのかな？

肉食獣専用の店舗ばかりなら草食動物の自分は入店を断られてしまうのでは、と不安になる。

しばらく走り、車が洋服店の前で停車した。ここはジゼルのためにあつらえた品物を受け取るため、アイザックが立ち寄ろうと提案した店だ。

車から降りるとすでに店員が外に出て待っていて、スーツをきっちり着込んだその男性は大きな三角の耳とボリュームのある尾を持っていることから、Ｎｅｕｔｒａｌのキツネ族のようだった。

「ローデマー様、ランツォ様、いらっしゃいませ」

店員はジェラルドとアイザック、ジゼルに恭しく一礼する。ジェラルドもこの店を訪れたことがあるらしい。

店員は最後にチラリとアールを見、にこやかに会釈してくれた。入店を拒否されなかったことに安堵しつつ、ガラス扉をくぐる。

ジゼルはさっそく仕立て終わったスーツの試着に行き、アイザックはネクタイを見繕い始める。

「お、これ、いい色してる。ジェラルド、新作が入ってるぞ、見てみろ」

アイザックに呼ばれ、ジェラルドがネクタイが並べられている棚へ移動する。

アールはこういった店に入ったことがなく、どう振る舞えばいいのかわからなくて、商品に触れないよう気をつけながら隅の空いたスペースに立っていた。

少ししてジェラルドが何かに気づいたように自分の背後を見て、そしてアイザックに何か小声で伝えた。アイザックは店内を見回し、カーテンに隠れるようにして立っているアールを見つけ、手招きしてくる。

「そんなところにいたのか。アールもこっちへ」

おずおずとネクタイコーナーに向かうと、アイザックが自分とジェラルドの間に入れてくれた。

「アール、気に入ったものがあればジェラルドに言えばいい。なんでも好きなものを買ってくれるぞ」

「いえ、僕は大丈夫です。スーツを仕立てていただいた時に、小物も揃えていただいたので」

屋敷に引き取られた日に、仕立て屋を呼んで必要なものは全て揃えてもらった。これ以上欲しいものなんてない。

そう思い頭を振ると、ジェラルドが横から言葉をつけ足した。

「遠慮することはない。先日仕立てたスーツは春に合わせたものだから、夏に合う色合いや素材のものを選ぶといい。ああ、そうだ、せっかくだからここで夏用のスーツを何着か作ろう」

「い、いいです、たくさんいただきましたから」

「それは春用だと言っただろう？　夏用のスーツも必要だ」

寄宿舎では暑くなれば半袖になり、寒くなったら長袖シャツの上にセーターを着て調節し、スラックスは一年中同じものを着用していた。だから季節ごとにスーツ一式新調するなんて考えられなかった。

しきりに遠慮していると、アールの耳元でアイザックが囁く。

「買ってもらえばいい。ジェラルドは軍で一番偉い司令官だから、それなりの給金をもらってる。スーツなんて何着買っても懐は痛まないさ」

「でも……」

「ジェラルドの方も、可愛いアールに何か買ってやりたくて仕方ないんだと思うぞ？　この前も、アールに何を贈れば喜んでもらえるかって相談されて……」

その先を遮るように、ジェラルドがわざとらしく咳払いした。

いくら小声でも、真横で話していたから全部聞こえていたのだろう。

アイザックはちょうど試着室からジゼルが出てきたのでそちらへ飛んでいってしまい、ジェラルドと二人でその場に残されてしまった。

なんとなく気まずい空気が流れる中、先に口を開いたのはジェラルドだった。

「夏は暑い。薄い生地のスーツじゃないと夏バテしてしまう。だから、夏用のスーツは必要なんだ。何着かあつらえさせてくれ」

「……わかりました」

そこまで言われたら断れず頷いたが、自分の生活費は全てジェラルドが負担してくれているので気が引けてしまう。

生地やデザイン、色の相談をされたが、服にこだわりがないため全部店員にお任せでコーディネートしてもらった。

採寸を終え、待っていてくれたジェラルドにスーツの礼を伝えると、アールが恐縮していることを悟られこんな提案をされる。

「スーツの礼に、私のネクタイを選んでくれないか？」

「とんでもないです、僕は服のことは何もわからないので」

「それは私もだ。どんな色でもいい、私に合うと思ったものを選んでくれ」

棚の前を空けられて選ぶよう促され、アールはとりあえず陳列されたネクタイに目を落とす。

柄も色も様々で、見ている分には楽しいけれど、いざ選ぼうとしてもどういう基準で選べばいいのかさっぱりわからない。

――いつも暗い色のスーツを着ていて、ネクタイも同系色のものだったよね……。

端にあるダークブルーのものを手に取るが、似たような色のネクタイをしていたのを見た記憶があり、違う色にした方がいい気がして元の位置に戻す。

しばらくあれこれ手に取っていたがどうにも決まらず悩んでいると、新しいスーツに合うネクタイを選びに来たジゼルに声をかけられた。

「難しい顔をして、どうした？」

「ジェラルドのネクタイを選んでるんですけど、どうにも決まらなくて……」

「ふうん」

ジゼルは意味ありげな視線をジェラルドに送った後、言ってきた。

「合わせてみたのか？　ネクタイを選んだことがないなら、実際に当ててみた方がイメージしやすい。ほら、アールは気になるネクタイを手に取って、ジェラルドはかがんでください」

ジゼルがテキパキ場を仕切り、腰を低くしてくれたジェラルドの首元にネクタイを当ててみる。

「あ、これじゃない」

ジゼルの言った通り、こうすると似合うか似合わないかがすぐにわかった。

端から順番に一本ずつ当てていき、最終的に暗いシルバーの生地に太い白色のラインと細い金色のラインが入ったネクタイに決めた。

「これにします。ジェラルドの瞳の色と同じ色のラインが入っていて、濃い色のスーツにも合うと思うので」

「へえ、いいじゃないか。アールはセンスがいいな」

アイザックも賛同してくれ、ジェラルドも気に入ったようで、店員に渡し包むよう伝えていた。

「ありがとう、いい色のネクタイだ」

久しぶりにジェラルドに褒められ、無意識に頬を緩めニコニコしてしまう。

ジェラルドとの間に流れていたギクシャクした空気はいつの間にか消えており、以前のように自然な会話が出来るようになっていた。

こうなることをジゼルは見越して、王都に散策に出ることを提案してくれたのだろう。

「あの、もしお時間が大丈夫でしたら、少し外を歩いてみてもいいですか？　せっかく来たので、どんなお店があるのか見てみたくて」

何かをしたいと伝えるのを遠慮していたが、今なら言える気がして口にした。

ジェラルドが同意してくれたので、アールは通りに並ぶ店を一軒一軒じっくり眺めながら歩いていく。その後ろをジェラルドとアイザック、ジゼルがついて来てくれる。

店が集まった通りだからもっと人が行き交っているのかと思っていたが、人通りはあるものの混雑はしておらず、ゆっくり街の様子を見て歩けた。

しかし、少し歩くとジゼルが疲れたと言い出し、アイザックと共に近くのカフェで休憩することになり、アールとジェラルドだけで散策を続けることになった。

アイザックは別れる前にジェラルドに、離れ離れにならないようにアールと手を繋ぐよう言ってきた。初めて訪れた場所だけれど、道はまっすぐで人通りも少ないから迷子になる可能性は低い気がするが、アイザックは強固に手を繋ぐよう言ってきて、ジェラルドも手を差し出してきたので、アールはそっと手を重ねた。

ただ手を繋いだだけだったが、ジェラルドに久しぶりに触れ、心臓が高鳴る。

手がほどけないようにするためか適度に力を入れて握られ、あの夜のことを思い出してしまいそうになり、深呼吸を何度か繰り返して気持ちを落ち着かせた。

気を紛らわすために店頭に飾られている商品を眺めることに意識を集中させたが、前方不注意になってしまい、前から歩いてきた人と思い切りぶつかった。

「わっ」

「アール、大丈夫か？」

すぐにジェラルドが受け止めてくれたので転ばずにすんだが、ぶつかった相手は盛大に荷物を道にばらまいてしまった。

「あっ、すみませんっ」

アールが散らばった荷物を一緒に集めていると、目の前の地面に人影が落ちる。

誰だろう、と顔を上げると、ハットを被った五十代くらいの恰幅《かっぷく》のいい男性が、散乱した荷物を見て不機嫌そうに口元を歪《ゆが》めている。

「何をやってるんだ。買ったばかりの品物が台無しじゃないか」

「も、申し訳ありませんっ」

「まったく、荷物運びも出来ないのか？　これだからＮｅｕｔｒａｌは……」

ハットの男性にはイヌ族に似たしっぽが生えていた。しかし、人に命令することに慣れた口調から推測するに、Ｎｅｕｔｒａｌのイヌ族ではなく、それに似た肉食獣のオオカミ族だろうか。

――オオカミ族にしては身体が小さいから、コヨーテ族かな。

それに、どこかで会ったことがあるような気がした。

最近ではなく、もっと昔……。寄宿舎にいた頃ではなく、まだ故郷で暮らしていた時に。

アールが考えていると、ジェラルドがハットの男性に話しかけた。

「ザカリー長官、彼をあまり叱らないでやってください。私たちがぶつかって荷物を落としてしまったんです。壊れたり汚れてしまっていたなら、私が弁償します」

「……ローデマー司令官、奇遇ですね」

「ええ、本当に。ところで、荷物はどうですか？」

「ああ、大丈夫です。割れ物はありませんから。では、私はこれで」

ジェラルドがザカリー長官と呼んだハットの男性は使用人に残りの荷物を拾わせると、アールには一瞥《いちべつ》もくれることなく足早に立ち去っていった。

男性の名を聞き、アールは彼が何者かを思い出す。

「さっきの人は、寄宿舎を作った人ですよね？」

「そうだ。寄宿舎にいた時に見かけたか？」

「いいえ、寄宿舎では見たことがありません。ザカリー長官は、僕が寄宿舎へ入るきっかけとなった人なんです。ふるさとで暮らしていた時、Ｓｕｂを集めた集会が開かれて、そこで寄宿舎の説明をしたのがザカリー長官でした」

　地方での説明会で忙しいのか寄宿舎に顔を出すことは滅多になかったが、卒業後も行き場を失う生徒が出ないよう、ザカリーは最後まで手を差し伸べ救済してくれているのだと、Ｓｕｂたちからは敬われている存在だった。

　アールの言葉を聞き、ジェラルドはなぜか一瞬険しい顔つきになりながらも頷いた。

「ザカリー長官はＳｕｂを保護するために、各地を回り寄宿舎の存在を広める活動を精力的に行っていると聞く。王都に不在のことも多いが、戻っていたようだな。偶然ここで出くわすとは……」

　Ｓｕｂにとって寄宿舎はとても素晴らしい場所だ。無料でＳｕｂとしての振る舞いを教えてもらえ、Ｄｏｍのパートナーになれる。地方では肉食獣が少ないため、Ｓｕｂが望んでもＤｏｍのパートナーになれないことが多く、一生抑制剤を飲んで体調をコントロールして生きなくてはいけない。

　それに比べ、王都の寄宿舎に入ればＤｏｍが定期的に面談に訪れるので、パートナーとして引き取られる確率は高く、パートナーに選ばれれば故郷の家族への金銭的な援助も行ってもらえるのだ。地方に住む者からすれば、夢のような話だった。

だから大抵のＳｕｂは、寄宿舎を設立したザカリー長官に感謝している。

しかし、ジェラルドはなぜかザカリーと会ってから口数が減ってしまった。

話しかければ返答はあるものの、心ここにあらずといった様子で、先ほどまでと雰囲気が変わっている。アールがザカリーの使用人にぶつかってしまったから怒っているのかと思ったが、どうもそうではなさそうだ。

だとしたら、ジェラルドの様子が変わった原因は、ザカリー本人にあるのだろうか。

聞きたいけれど、仕事に関係することかもしれないので気軽に尋ねられない。

その時、二人の横を通り過ぎた車の風にあおられて、首に結んでいた赤いリボンがヒラヒラと飛んでいってしまった。

「あっ、リボンが……っ」

間の悪いことに飛んだリボンは車の車輪に絡まり、そのまま一緒に運ばれていき、しばらくしてまたヒラリと落ちた。

「どうかしたのか？」

「リボンが飛ばされてしまって……。走って取ってきます」

「待て、アールっ」

アールはジェラルドの手を離し、道端に落ちたリボン目がけて駆けていく。

拾い上げたリボンを確認すると、砂埃《すなぼこり》にまみれてしまっているが千切れてはいなくてホッとした。

今度はほどけないようにしっかりリボンを首に巻き、ジェラルドの元へ戻ろうとして、いつの間にか見知らぬ男たちに取り囲まれていたことに気づく。

人数は三人。

彼らの頭には黒い被毛に白色の斑点がついた耳があり、白と黒の縞《しま》模様が入った長い尾が背後でユラユラ揺れている。身体はとても大柄で、身長は二メートルを優に超えていた。

——トラ族のアムールトラ種だ。

肉食獣の中でも大きな身体を持ち、力も強く、気性が荒い。

小柄なアールからしたら一人でも恐ろしく感じるのに、三人のトラ族に取り囲まれて声も出ないほど怯えてしまった。

彼らは酔っているのか、身体中からアルコール臭を放ちながら、ビクビクするアールを見下ろし笑っている。

「Ｓｕｂじゃないか。首にリボンをしてるってことは、寄宿舎のぼうやか？　逃げ出してきたのか？」

「ぁ……」

「ん？　なんだって？　身体だけじゃなくて声も小さいな」

アールは耳を伏せ、その場に縮こまる。

「おいおい、どうしたんだ？　発作か？　仕方ない、小さいのは好みじゃないが、相手してやろう。感謝しろよ？」

「ち、ちがっ」

「プレイ出来るところまで連れてってやる」

違うと言っているのに男たちには聞こえていないようで、ヒョイと肩に担ぎ上げられ、連れていかれそうになった。

「や、やだ……っ」

蒼白になって手足をバタバタさせ逃げ出そうと試みるが、屈強な体軀を持つトラ族には全く効かず、「そう急《せ》かすな」と見当違いなことを言いながら尻を手のひらで撫でまわしてきた。

嫌悪感から全身に鳥肌が立ち、アールはさらに大暴れする。

――やだ。やだ、やだっ。

こんな見知らぬ男たちに触られたくない。

コマンドを使われるのも嫌だ。

Ｓｕｂだからって、プレイしてくれるＤｏｍなら誰でもいいわけではない。

ジェラルドが言ったように、信頼出来る相手ではないと心が拒絶する。

「おい、暴れるなって」

身体は小さくても十八歳の男が全力で大暴れすると厄介なようで、トラ族の男は舌打ちしてアールを肩から降ろすと、強制的に従わせようとコマンドを使ってきた。

「『Ｓｔｏｐ《ストップ》（止まれ）』！」

「っ！」

アールの身体はピタリと抵抗を止めた。石像のように固まり、指一本すら動かせない。

男はニヤリと下卑た笑みを浮かべ、次の命令を下す。

「『Ｒｏｌｌ《ロール》（仰向けになれ）』」

——嫌だっ！

『Ｒｏｌｌ』は仰向けに寝転がり腹を見せろというコマンドで、いわゆる服従を示すポーズだ。

自分をおもちゃのように扱う相手になんて服従したくない。

その思いでアールは全力でコマンドに抵抗した。

脳からは服従するよう身体へ司令が伝達されるが、精神力でそれに抗う。

すると身体が高熱を出した時のようにガタガタと震え出し、全身の毛穴から脂汗が噴き出した。

絶対命令であるＤｏｍのコマンドに逆らっていることで、心の均衡が崩れ始めたのだ。

「強情を張るな。このままだとサブドロップを起こすぞ？」

——サブドロップ……。

それは、Ｓｕｂが強い不安を感じた時に起こる大きな発作で、精神のコントロールを失い、最悪の場合は心が壊れてしまう。

心の揺れは身体にも弊害をもたらし、アールは呼吸の仕方を忘れたかのように息が出来なくなって、苦しさと恐怖で涙を浮かべる。

「うわ、これ、本格的にサブドロップを起こしてないか？　面倒だな、素直にコマンドに従っていれば苦しまずにすんだのに」

トラ族の三人は不調をきたしたアールを汚いものを見るような目で見下ろし、どうするか相談し始める。

このままどこかへ行ってくれるのが一番だが、男の一人がアールを連れて帰って介抱しようと言い出した。

その言葉を聞き、絶望で目の前が真っ暗になっていく。

――嫌だっ。

そのまま意識を失いそうになった時、ジェラルドの声が聞こえた。

「アール！　アール、どこだ⁉」

自分を探す声。

大柄な男たちに遮られ、うずくまるアールが見えないのかもしれない。

アールは残りの力を振り絞り、全力で叫んだ。

「ジェラルド……っ」

どうか彼に届いてほしいと心の中で願いながら、それを最後に意識を手放した。


……それからどれほど気を失っていたのだろうか。

身体を揺さぶられ瞼を押し上げると、目の前にジェラルドの心配そうな顔があった。

心の底から安堵して、ジェラルドの首に腕を回しギュッと抱き着く。

「ジェラルド……っ」

「アール、すまない。見失ってしまって、助けにいくのが遅れた」

その言葉で自身に起きた出来事を思い出し、サアッと血の気が引いていく。

青ざめながら身体を震わせる様を見て、ジェラルドは自らも苦痛を味わっているかのような表情でアールを抱きしめ、背中をさすってくれる。

「大丈夫だ、もう奴らはいない。私が傍にいる」

「ジェラルド……、い、痛いっ」

繰り返しなだめられても、まだ男が放ったコマンドが脳裏に焼きついていて、頭が割れそうに痛み出した。

ズキズキと痛む頭をかきむしりながら苦痛を訴えるアールを抱え、ジェラルドが立ち上がる。

「車を借りる」

「ああ、使ってくれ」

ジェラルドにそう返したのはアイザックの声だった。

アールが気を失っている間に、カフェで休憩していたアイザックたちも合流したようだ。

ジェラルドは短く礼を伝え車に乗り込み、アールを包み込むように抱きしめたままずっと背中や頭を撫でてくれた。

それでも時間を追うごとにどんどん状態が悪化し、瞳から流れる涙が止まらず、苦しみのあまり時にはジェラルドの胸を叩いたりして、錯乱状態になっていく。

――こんな姿をジェラルドに見られたくない。

わずかに残った理性が身体を止めようとするが、壊れかけた心は暴走し、コマンドを使った相手ではないのにジェラルドが自分に触れていることが許せなくて、彼を引き剝《は》がそうとずいぶんひどい言葉を投げつけてしまった。

暴言を吐かれても引っかかれても叩かれても、それでもジェラルドは抱きしめる腕を緩めず、車が屋敷に到着すると、大暴れするアールを抱いて自分の寝室へ連れていく。

ジェラルドはアールをベッドへ降ろすと、自身はベッドサイドに立ち、コマンドを口にした。

「『Shush《シャシュ》（静かに）』」

「っ!!」

電流のようにピリリとした刺激をもたらすジェラルドのコマンド。

サブドロップに陥った状態でも彼の声は耳に届き、アールはピタリと口を閉ざす。

「『Look《ルック》（見ろ）』」

身を起こし、ジェラルドをじっと見つめる。

ガラス玉のような金色の瞳は、こちらを向いているのに不安定に揺れ、視線が交わらない。

しっかり自分を見てほしくて、アールはベッドの上をズリズリ這って移動し、ジェラルドの目の前までくると下から見つめた。

――キスしたい。

自然とその欲求がわいてきた。

これまでもパートナーであるジェラルドに『命じられたい』、『支配されたい』と本能が訴えることはあった。

しかしその欲求は、『プレイしてもらいたい』という衝動からきているもので、具体的にどのようなコマンドを使ってほしいか、プレイ内容はどんなものがいいか、というイメージは伴っていなかった。

けれど精神の均衡が崩れた今、ジェラルドともっと深く交わりたいと、身の内から激しい欲望がこみ上げてきたのだ。

黙るよう命じられているから、「キスして」とは言えない。

アールはそのコマンドを口にしてほしくて、膝立ちになってジェラルドの腹部に顔を埋《うず》め頬をすり寄せ懇願する。

一瞬、ジェラルドがピクリと反応し、彼の右手が頭上に移動した気配を感じて、アールは頭を撫でやすいよう耳を倒す。

しかし無情にもジェラルドはアールの頭を引き剝がし、顎を取って叱責してきた。

「私を見るよう言ったはずだ。目を逸らすな。……『Ｌｏｏｋ（見ろ）』」

アールは意図せずに『Ｌｏｏｋ』のコマンドに反した行動を取っていたことに気づき、また気分が落ち込み始める。

――どうして僕は、Ｄｏｍに従えないんだろう……。Ｓｕｂなのに……。

付随してトラ族のコマンドに逆らったことも思い出してしまい、Ｓｕｂとして失格だと思い込み、心が暗闇に飲み込まれそうになった。

その時、無表情だったジェラルドが唐突に口角を持ち上げ、妖艶な笑みを浮かべながら言った。

「わかっている、私に嫉妬させるために他のＤｏｍと共にいるところを見せたんだろう？　悪い子だ」

「っ!?」

思いも寄らぬ疑いをかけられ、アールは頭を左右に大きく振って「違う」と伝える。

ジェラルド以外のＤｏｍには苦手意識を持っているのだから、初めて会ったばかりの肉食獣と一緒にいたいなんて思うはずがない。

——ジェラルドは、僕のことをそんな風に思っていたの……？

パートナーがいる身で、他のＤｏｍに軽々しく声をかけるような軽い人間だと思われていたのかと、瞳が悲しみで陰っていく。

きちんと事実を説明しないといけないのに、『Ｓｈｕｓｈ』のコマンドはまだ有効なため話せず、だからといってもし言葉を発していい状態であったとしても、疑われたことがショックで一言も出てこなかっただろう。

「違わない。アールはわざと悪いことをして、私を怒らせたかったんだ。怒らせて、私にお仕置きしてほしかったんだろう？」

——お仕置き……？

罰を与えられるのだとなんとなくわかるが、そもそも前提として、ジェラルドを怒らせるようなことを自分が望むはずがない。

アールは何度も頭を振って否定する。

しかし、先ほどよりも強い口調でジェラルドは断言した。

「アールは私にお仕置きをしてもらいたかっただけだ。全て私とのプレイのためだったんだ」

その瞬間、ジェラルドの声が、混沌《こんとん》としたまとまりのない思考をスッと断ち切った。

彼の言葉を聞き漏らさないよう、耳に全神経を集中させる。

「君は私のＳｕｂだろう？　なら、私の言葉だけを聞いていればいい」

──僕は、ジェラルドのもの……。

その一言で先ほどまでの底知れぬ不安感が一瞬で消え、強烈にジェラルドに引きつけられた。

「アール、君は私の気を引きたくて、悪いことをしたんだろう？　『Ｓａｙ《セイ》（言え）』」

「……は……い……」

「私にお仕置きをしてほしかったんだな？」

「……はい、そうです」

もちろんあの時、そんな考えは微塵《みじん》も持っていなかった。

そしてジェラルドも、アールが一方的に絡まれただけだとわかっている。

その上で、サブドロップからアールを救い出すために、何もかも全て自分たちのプレイの一環で、パートナーであるジェラルドにお仕置きしてもらうためのものだったのだと、事実をねじ曲げて信じ込ませようとしてくれたのだ。

ジェラルドがそう刷り込んでくれたことで、乱れていた心が徐々に安定を取り戻していく。

「アールの好きなお仕置きをしてやろう。まずは何をしてほしい？　アール、『Ｓａｙ（言え）』」

お仕置きというワードだけでも身体が熱くなるというのにコマンドまで使われ、他のことが何も考えられなくなって、頭がぼうっとしてくる。

――何をしてほしいか……。

アールは熱に浮かされたようにフワフワする頭の中、一つの言葉を思い浮かべる。

――キスしてほしい。

やっぱりそれしか頭に浮かんでこなくて、ゴクリと唾を飲み込み、ジェラルドを見つめながら口にする。

「キス、したいです」

「それはお仕置きにならないが……、いいだろう」

アールは耳をピンと立て、彼がコマンドを口にするのを今か今かと待つ。

しかしどうしたことか、ジェラルドが発したのは別のコマンドだった。

「『Ｌｉｃｋ《リック》（舐《な》めろ）』」

自身の唇を指先で指し、ジェラルドが面白そうに瞳を細める。

こんな意地の悪い顔は初めて見た。

アールがキスしたがっているとわかっていて、あえて少し外して命令してきたのだ。

落胆を顔に滲ませると、ジェラルドの唇に触れていた指が、アールの唇をなぞってきた。

彼にほんのわずか触れられただけでひどく気分が高揚し、性的な意味合いを感じさせる触れ方に、ゾワゾワと背筋に震えが走る。

「お仕置きだと言っただろう？　そう簡単に望みのものを与えてやらない」

ジェラルドはアールを弄《もてあそ》び、無邪気にも見える笑みを浮かべる。

「さあ、アール、『Ｌｉｃｋ（舐めろ）』」

「はい……」

ベッドの上に立ち上がりジェラルドに顔を近づけ、舌を出して彼の弧を描く唇をペロリと舐める。

――甘い。

なぜだろう、とても甘く感じる。

もっと味わいたくて、彼の唇を必死になって小さな舌でペロペロと舐め続けた。

するとジェラルドがアールの腰に腕を回し、互いの額を合わせて囁く。

「『Ｇｏｏｄ（上出来だ）』、上手に出来たな。『Ｇｏｏｄ ｂｏｙ（いい子だ）』」

「ぁ……」

――何、これ……？

ジェラルドに褒められ、心がフカフカの毛布で包まれたような心地よさを感じる。

瞳がトロンとし、全身が弛緩《しかん》して崩れ落ちそうになる身体をジェラルドの腕がしっかり支えてくれ、そのまま優しくベッドに横たえられた。

陶酔した表情でジェラルドを見上げると、彼はアールの両手首を掴みベッドに押さえつけ、腰を跨ぎ覆い被さってきた。

圧倒的な力と体格の差を見せつけられ、アールは完全にジェラルドの支配下に置かれたことを身をもって実感する。

今、彼が隠した牙で首筋に噛みついてきたら、自分は一噛みで命を奪われてしまうだろう。

この状況では逃げることも叶わず、ジェラルドがアールの生殺与奪権を握っている。

恐怖を感じるべき状況なのに、アールは身も心もジェラルドに捧げていることに、この上ない幸福を覚えた。

「上手に出来たから、ご褒美をやろう。何がいい？」

熱のこもった吐息と共に、先ほどと同じ言葉を吐き出す。

「キスして……」

ジェラルドは蕩《とろ》けるような瞳でアールを見、徐々に顔を近づけ、期待で戦慄く唇にキスを落とした。

――やっぱり甘い。

どうして彼の唇はこんなにも甘いのだろう。

もっと感じたくて、自ら口を開き舌を突き出す。ジェラルドの肉厚の舌がすぐにそれに絡みつき、深いキスへと変わっていく。

アールも彼の口内に舌を差し込み、拙いながらキスに応えた。

夢中になって互いの口内をむさぼっていると、いつしか鉄のような匂いが混ざり始めた。

そんなこと気にも留めずに舌を動かしていたが、唐突にジェラルドが身を離し顔色を変える。

「ジェラルド……？」

彼は顔を歪ませ、唸《うな》るような声で命じてきた。

「アール、セーフワードは『Ｎｏ《ノー》』だ。言え」

「え……？」

セーフワードとは、ＤｏｍがＳｕｂの望まないプレイを強行した時に、強制的にプレイを中断する言葉だ。

通常はプレイを始める前に決めておくものだが、アールがサブドロップに陥っていたためジェラルドがプレイを優先し、決めていなかった。

なぜ今セーフワードを告げてきたのだろう。

怪訝に思っていると、ジェラルドが珍しく激昂《げっこう》したように声を荒らげた。

「言うんだ、『Ｓａｙ（言え）』！」

コマンドで命じられ、アールは「『Ｎｏ』」と口にする。

するとジェラルドがフッと無表情になり、すぐさまベッドから降りてしまう。

「ジェラルド？　どうしたんですか？」

説明もなく急にプレイを中断させられ、困惑してしまう。

ジェラルドのおかげで先ほどまでの最悪な気分は消えていたが、今度は彼の態度が変わったことが気になり、不安になった。

ジェラルドはこちらに背を向けてベッドの端に力なく腰を下ろし、両手で顔を覆って俯いた。

その背中がひどく傷ついているように見え、アールは傍ににじり寄り、彼の背に手を当てる。

「どうしてプレイをやめたんですか？」

「すまない……」

「なんで謝るんですか？　ジェラルドは何も悪いことをしていないのに」

アールが尋ねると、ジェラルドは頭を左右に振り、苦痛の滲む低く掠れた声で呟いた。

「我を失って、君を傷つけた」

「傷？」

なんのことだろう。

アールが小首を傾げた時、口の中にあふれる鉄の匂いの正体に気づいた。

口元を拭って確かめると、手のひらに血がついている。

ジェラルドは肉食のジャガー族。

口内に舌を入れた時に、アールの舌や唇に発達した犬歯が当たって傷ついたのだろう。

でも、それほど痛まないし、このくらい大したことない。

アールは気にしていなかったが、ジェラルドは自分を責めているようだった。

「すまない。セーフワードを決めずにプレイを始めるだなんて、安全への配慮が欠けていた」

「それは、僕がひどい状態だったから……」

「行きすぎたプレイはＳｕｂにとても負担をかける。どんな理由があろうとも、セーフワードは必ず決めなければいけなかった」

ジェラルドは自分が許せず深く落ち込んだ様子で、そんな彼を見ていると、アールも罪悪感がこみ上げてきた。

元々彼はプレイ自体を好んでいない。

本能的な欲求はあるが、抑制剤を服用してコントロールしている。

プレイパートナーとして引き取られたが、今日を含めて二回してもらったプレイは、いずれもアールを救うためのもので、ジェラルドは常に自身のＤｏｍとしての欲求を抑え込み、望まぬプレイを強要しないよう気を配っていた。

だから彼は何も悪くなく、謝る必要なんてない。

「僕が望んだからです。さっきもキスしてと言ったのは僕の方だし、支配されることを望んだのも僕です。ジェラルドになら何をされてもいい、もっとひどいことだって……」

「やめろ」

ジェラルドは突如立ち上がり、距離を取る。

こちらを決して見ようとしないまま、吐き捨てるように言った。

「私に対して悪感情を持たないのは、君がサブスペースに入っていたからだ。君が不安定な状態なのを利用して、私を無条件に信頼するよう言葉巧みに誘導したんだ。今の言葉も、Ｓｕｂの本能が言わせたものだろう」

ＳｕｂがＤｏｍを心の底から信頼し、完全に自分をゆだねている状態をサブスペースと呼び、サブスペースに入ったＳｕｂはこの世界に自分とＤｏｍの二人きりしか存在していないような錯覚を引き起こし、Ｄｏｍの全てを受け入れることで至上の多幸感を味わうことが出来る。そしてサブスペースにパートナーが入ることでＤｏｍもまた、支配欲を満たされ充足した気分を味わえる。

サブスペースに入るには、互いへの信頼が何よりも重要な要素で、プレイを行えば誰しもがサブスペースに入るわけではない。

そのことはＤｏｍであるジェラルドも知っているだろうに、彼はアールの気持ちが自分にはないと思い込んでいた。

「君は私を、本当の意味で信頼しているわけではない」

――どうしてそんなことを言うの？

こんなにもジェラルドのことを信頼しているのに、いったいなぜこの気持ちを疑うのだろうか。

ジェラルドはそれだけ言うとそのまま寝室を立ち去ろうとし、アールは反射的に彼の手を取り引き留めた。

「ま、待ってくださいっ」

「アール？」

「僕……、僕は……」

ただ一人のパートナーだと思っているジェラルドに見捨てられそうな気がして、彼を失う恐怖から足が震え出す。

必死に自分の気持ちを伝えようとしても、動揺から上手く考えがまとまらず、なかなか言葉にすることが出来なかった。

そんな様子を見て、ジェラルドは深く嘆息すると険しい表情をかき消し、いつもの柔らかな笑みを向けてくれた。

「……不安にさせるようなことを言ってすまない。君のことは大切に思っている」

ジェラルドはアールの欲しい言葉をくれ、大きな手のひらで頭を撫でてくれる。いつもならこれで安心することが出来るのに、彼の金色の瞳には慈しみの色はなく、この言葉が自分を落ち着かせるためだけに紡がれたものだとわかってしまった。

――ジェラルドには、僕の気持ちが伝わってない……。

いてもたってもいられず、心のまま思い切り背伸びして両腕を彼の首に絡める。

突然の行動にジェラルドは目を瞬かせ、訝しそうな顔で見下ろしてきた。

「急にどうし……、っ⁉」

自身の方へジェラルドを引き寄せ、ようやく届く距離に来た唇に、キスをする。

すぐに腕を放し彼を解放したが、よほど驚いたのか、ジェラルドは何が起こったのか確かめるように自身の唇に指先で触れた。

「僕は今、あなたにキスしたいからしました。コマンドを使われなくても、僕はジェラルドにキスしたいって思ったんです」

ジェラルドがＤｏｍで自分がＳｕｂだからではなく、ダイナミクス性の関与がなくとも彼を慕っているのだと、そう伝えたかったのだ。

しかし、呆然としたジェラルドを見て、自分がとても大胆なことをした自覚がわいてきて顔が赤くなっていく。

赤くなった顔を見られるのは恥ずかしいが、彼の反応をきちんと確認したくて、ジェラルドを見つめる。

ドキドキしながら返答を待っていると、彼は目元を覆い、唸るように言葉を放った。

「……君がこんなことをしたいと思ったのも、プレイの余韻が残っているからだ。私がＤｏｍでなかったら、君はきっとキスしなかった」

ジェラルドは立ち尽くすアールを残し、フラリと寝室を出ていってしまった。

アールは追いかけることも出来ず、ただ彼の言葉を頭の中で反芻《はんすう》する。

――ダイナミクス性によるものだって？

ジェラルドにプレイしてもらいたかったのも、サブスペースに入ったのも、今キスしたのも、全部Ｄｏｍに服従するＳｕｂの本能によるものだと……。

「……違う」

いくらサブドロップから救い出してくれたからといって、信頼していなければ、ジェラルドが行ってくれたケアも受けつけなかっただろう。

肉食獣と対峙するだけで恐怖を覚えるのに、ジェラルドにだけは自らプレイを望み、サブスペースに入るほどの信頼を寄せている。だからプレイが終わった後でも、キスしたいと思った。

それなのに、どうしてこの気持ちを理解してくれないのか……。

それほど、プレイの最中に怪我《けが》を負わせたことがショックだったのだろうか？

「こんな傷、なんともないのに」

プレイで軽い怪我を負うことは覚悟している。

肉食獣はいずれも牙や爪などが草食動物よりも鋭利で、肉体的な接触があるプレイでは意図せずに傷を負ってしまうことがあるのだ。

そのためにセーフワードというものが存在し、Ｓｕｂの身を守る切り札になっている。

この程度の傷、全く気にならない。

むしろパートナーにつけられたものなのだから、愛《いと》しくさえ感じる。

けれどジェラルドは違うようだ。

プレイに対し独自の考えを持つ人だから、セーフワードも決めずにプレイを始め、あまつさえサブスペースに入ったアールに引きずられて、本能のまま動いてしまった自身を許せないのだろう。

アールが許していても、ジェラルドが受け入れられない。

アールの言動に嘘がないと信じてくれないのは、彼こそ信頼してくれていないからではないか？

細い針を刺されたかのように、胸がチクリと痛む。

――僕は、ジェラルドのことがこんなに好きなのに。

人としてもＤｏｍとしても尊敬しているし、好きだ。

この好きが恋愛感情によるものかどうかは未熟なアールには判断出来ないが、故郷の両親を想う気持ちとは異なっている気がする。だが、今まで出会った誰よりもジェラルドに惹《ひ》かれている。

――でも、好きって言っても、きっと信じてもらえない。

ジェラルドはアールが彼に好意を寄せるのも、Ｓｕｂの本能だと片づけるだろう。

大切にしてくれ、必要に迫られればプレイもしてくれる。

けれど、互いの間にダイナミクス性が存在するがゆえに、どんなに想いを込めても、ジェラルドにアールの言葉は届かない。

好きになってほしいとまでは言わない。

でも、せめて信じてほしい。

ＳｕｂだからＤｏｍのジェラルドに心を奪われたわけではないと。

ジェラルドだから好きなのだと、信じてもらいたい。

好きな人にこの気持ちを信じてもらえないことが、何よりも辛かった。

＊＊＊＊＊

アールは膝の上に置いたまま一向に読み進められない本を閉じ、開け放った窓の外に視線を向ける。

サワサワと木の葉が風に揺れる涼やかな音を聞いても、強い日差しを浴びて咲き誇る花々を見ても、なんの感情もわいてこない。

――どうしたらいいんだろ……？

サブドロップに陥ったアールをジェラルドが救ってくれてから一週間が過ぎた。

あの後、ジェラルドのことが気になり深夜に差しかかっても眠れなかったアールは、早朝に出勤する彼を玄関で待ち伏せて話をしようと思い立った。

玄関ドアの横で膝を抱えて座り込み、夜明け頃に足音が聞こえ顔を上げると、薄暗い階段を下りてくるジェラルドの姿が見えた。

ランプの明かりによるものか、またはあまり眠れなかったからか、彼は疲れた顔をしているように見え、声をかけそびれてしまった。

だが、こちらから声をかけなくても、階段を中ほどまで下りれば玄関に座るアールの姿が見えるだろう。

いつ声をかけられるか、どんな顔をされるのか、ジェラルドの反応を確かめようと彼を注視していた。

ところがジェラルドは、思いもよらない行動を取ったのだ。

階段を下りきるとまっすぐ玄関へ歩いて来て、こちらをチラリとも見ずにドアを開け、一度も立ち止まることなく出ていってしまった。

完全に無視された形になり、アールはショックで動けなかった。

優しい人だから、顔を合わせたら何か声をかけてくれると思っていた。

あの時、アールがリボンをきつく結んでいれば……、リボンなど放っておけば……、ジェラルドの手を離さなければ……、リボンを持ってすぐに彼の元へ戻っていれば……。

あの日の夜は何度も一連の出来事を振り返り、自分の行動を反省した。

ジェラルドが一言もなく立ち去ったのは、一晩経って全てがアールの失態から引き起こされたことだと悟り、怒っているからかもしれない。

この一件があったことで自分から声をかけられなくなってしまい、ジェラルドも仕事を理由に夕食の時間になっても帰ってこず、この一週間、一言も話していない。

会えないことがとても辛くて、せめてもとこっそり窓からジェラルドの姿を眺めることもあるが、彼は決してアールの部屋の窓を見上げることはなかった。

このままだとジェラルドとはもう話も出来なくなってしまいそうな気がして、思い悩んだ末にジゼルにどうしたらいいのか相談してみた。

最初はジェラルドによそよそしくされているのだと話してもジゼルは信じられない様子だったが、あまりにも憔悴《しょうすい》しているアールに同情してくれたようで、親身に相談に乗ってくれた。

ジゼルから相手の出方を待つだけでは駄目だと叱咤《しった》され、自分から行動するべきだとアドバイスをもらい、勇気を出して今夜ジェラルドと話をしようと決意した。

彼が何時に帰宅するかはわからないが、ジェラルドの部屋の前でずっと待とう。

もしかしたら嫌な顔をされるかもしれないけれど、それでも話をしないことには関係は改善されない。こんな状態でいるのは嫌だ。

アールはその晩、ジェラルドの私室の前の廊下に座り込んだ。

何度か心配した使用人が声をかけてきたり、イスやブランケットを持って来てくれたりしたが、ランプ以外は断り、何時間も待ち続けた。

そうして使用人も寝静まった真夜中。

外で車の音が聞こえ、アールは伏せていた顔を持ち上げた。

耳をピクピク動かし、物音に意識を集中する。

玄関のドアが開閉し階段を上って来る微かな足音は、間違いなくジェラルドのものだ。

アールはランプを手に立ち上がり、彼がやって来るのを今か今かと待つ。

階段を上り終えたジェラルドが、こちらに向かって廊下をゆっくり歩いて来るが、ランプの明かりだけでは彼の表情まではははっきり見えない。

「そこにいるのは誰だ？」

ジェラルドは隣の部屋の前でなぜか足を止め、尋ねてきた。

この距離ならもう顔の判別はつくはずなのに、どうしてそんな質問をするのだろうか。

怪訝に思ったが、息を吸い込み「アールです」と答える。

ジェラルドはやや驚いたように一呼吸置き、大股でこちらへ近づいてきた。

「こんな時間に何をしている？　まさか、私の帰りを待っていたのか？　いつからだ？」

矢継ぎ早に心配そうに尋ねられ、以外な反応にたじろいでしまう。

迷惑がられたり、冷たくあしらわれたりすることも覚悟していたのに、ジェラルドはただ心配してくれているようだった。

「何かあったのか？　廊下に座り込むだなんて、部屋に戻れないほど体調が悪いのか？」

「い、いえ……。あの、話がしたかったんです」

「話？」

ジェラルドは首を捻る。

アールは思い切って口にした。

「最近、僕と会わないようにしてますよね？　気を悪くさせてしまったことを、謝りたいんです」

「待て、避けてなどいない。単純に仕事が忙しいだけだ」

仕事が忙しいのも本当かもしれないが、プレイした翌日、思い切り無視された。それは避けているという他に言いようがない。

「いいんです。僕のせいで、気が進まないのにプレイをさせてしまいました。それが迷惑だったから僕に嫌気がさして、最近、顔も合わせないようにしているんでしょう？」

自分の放った言葉に傷つき、目頭が熱くなってくる。

全部自分の考えなしの行動が招いたことだというのに、泣くなんて間違っている。涙をこらえるため、震える唇から吐息を吐き出した。

「何を言ってるんだ？　それは君の思い込みだ。私はそんなこと思っていない」

ジェラルドは避けていないと言い続けることで、アールがこれ以上傷つくのを防いでくれているのだと思った。

——でも、嘘で優しくされたくない。

責任感の強い人だから、一度引き取ったアールのことを見放せないのだろう。

自分のことを思ってのことだとわかっているが、本心を打ち明けてもらえないことが悲しくて、ついに瞳から一粒の涙がこぼれ落ちる。一度感情があふれてしまうとこらえきれなくなり、ボロボロと泣いてしまった。

——泣いたらまたジェラルドを困らせる。

だから早く泣きやまないと、と思うのに、思うようにコントロール出来ない。

悲しくて悲しくて、気持ちがどんどん暗く沈んでいく。

このままだとまたサブドロップに陥ってしまうかもしれない。それだけは避けないと……。

鼻をすすり、必死に涙を拭っていると、ジェラルドの指先が頬に触れ、何かを確かめるように指を滑らせた。

「泣いているのか？　どうしてだ？」

「あなたが、本当のことを言ってくれないからです」

「は？　なんのことだ？」

「プレイした翌朝のことです。あなたは僕を見ようともしないで横を通り過ぎました。僕を視界に入れることすら嫌だったんでしょう？」

本当のことを言ってください、とつい責めるような口調で問いただしてしまう。

彼はなんのことか心当たりがないといった顔していたが、ハッと目を瞠《みは》り尋ねてきた。

「……どこかにいたのか？」

今知ったかのような反応をされたが、玄関から出る時に嫌でも目に入る位置にいたのだから、白々しいと感じずにはいられなかった。

「気づいていたでしょう？　気づかないはずがないです。だって玄関のドアの横にいたんですから。でもあなたは僕を……」

そこまで言ったところでジェラルドに手首を掴まれ、無言で寝室まで連れていかれた。

部屋の中央に置かれたベッドが目に入り、あの夜のプレイがまざまざと思い出され、こんな状況にもかかわらず身体が熱を帯びそうになる。

ジェラルドはそんなアールの肩を両腕で摑み、ゆっくりと顔を近づけてくる。

ランプの頼りない明かりがジェラルドの顔の陰を濃くし、造形の美しさをより際立たせている。

美しく優しい肉食獣。

彼と一緒にいて、惹かれないはずがない。

——僕はこの人になら、何をされたっていい。

彼に惹かれるのは、本能的にＤｏｍからの支配を求めているからだけではない。

自分でも気づかないうちに、肉食獣らしくない穏やかな笑みを見せるジェラルドを愛していたからだ。

アールはこの時、自分の気持ちをはっきりと自覚した。

ジェラルドを愛しているから、彼が望むことはなんでも叶えてあげたい。

嚙みつかれても何をされても全て受け入れようと、そっと目を閉じる。

すると、鼻先が触れ合いそうなほどの至近距離にまで近づいたジェラルドが動きを止め、間近で呟いた。

「こんな顔をしていたのだな」

アールがそっと目を開くと、「瞳の色はブルーグレーか」と言って微笑む。

「あの晩は、私も君をなんとか救わなければと必死で、よく顔を見る余裕がなかった。今、ようやくきちんと見られた」

――何を言ってるの？

この屋敷に引き取られて二ヵ月が過ぎている。

会えない期間も多かったけれど、何度も顔を合わせ時間を共有したのだから、顔なんて見慣れているだろうに。

不思議に思っていると、ジェラルドが肩から手を離し、一歩後ろに下がった。

「……私は弱視なんだ。光や影、色の判別は出来るが、常に世界がぼやけて見えていて、疲れていると余計に視力が落ちる。……だからアールが待っていてくれたという朝、私には君の姿が本当に見えていなかった」

――弱視？　目が極端に悪いってこと？

思いもよらない告白に驚きを隠せない。

ジェラルドの様子を思い返してみるが、こうして本人の口から告げられるまでは全くわからなかった。

「……そんな風に見えません。だって、ジェラルドは一人で歩いているじゃないですか」

「この目のことを悟られないように、訓練を積んだんだ。身体のどこかに欠陥があると、司令官の職を継げない。目のことを知っているのは、亡くなった両親とそのＳｕｂ、昔からローデマー家に仕えている数人の使用人、それに幼馴染のアイザックだけだ。アイザックは私のためにランツォ家の家督を弟に譲り、畑違いの軍に入ってくれた。彼がいないと私は書類一枚ろくに読めず、仕事を続けることは出来なかっただろう」

そういえば以前、何か出来ることはないか聞いた時、本を読んでほしいと頼まれた。あれも自分では読めなかったからなのか？

それに、チェスをする時にハンデという名目で盤前に座らなかったのは、置いた駒の位置がわからないから、アールに口頭で言わせるためだった？

ネクタイを選ばせたのも、アイザックが手を繋ぐよう言ってきたのも、飛ばされたリボンを取りにいったアールをジェラルドが追いかけてこなかったのも、全て弱視ゆえだったのか？

一つ一つはとても小さな違和感だったが、弱視と知った今思い返すと、全部の辻褄《つじつま》が合う。

突然の告白に呆然としていると、ジェラルドが自嘲するように口角を歪める。

「私が目のことを打ち明けなかったことで、不安にさせてすまない。君はサブドロップに陥った自分を責めているようだが、それは違う。私はアールのパートナーなのだから、なんとしても君を守らなくてはいけなかった。私がＤｏｍとして欠陥品でなかったら、守れたはずだ。……すまなかった」

「違っ……、気づかなかった僕が駄目なんです。ジェラルドは何も悪くない。僕こそあなたのパートナーなら、言われなくても気づくべきだったんです」

初めて寄宿舎で出会った時から、美しいけれどガラス玉のような瞳をした人だと思っていた。目が合っているようでどこか別のところを見ているような、そんな眼差しをしていた。

気づくきっかけはいくつもあったというのに、今の今まで気づかなかった自分は、ジェラルドに負担をかけていたに違いない。

「僕はあなたのＳｕｂなのに……。パートナー失格です」

唇を噛みしめるとジェラルドが頬に触れてきて、「泣いてはいないな？」と確認される。

首を振って否定すると、彼は悲しそうに微笑んだ。

「私は君が泣いていてもすぐに気づけない。助けたくとも難しい時もある。それに、他のＤｏｍのようにグレアも満足に使えない半端者だ」

グレアとはＤｏｍの瞳から放たれる絶対的な威圧で、コマンドと合わせて使うことにより、その力を高めることが出来る。グレアを放った状態でコマンドを使われると、それがどれほど服従したくない命令だとしても、Ｓｕｂが抵抗することは不可能だと言われている。

そうした危険も孕《はら》んでいるが、信頼しているＤｏｍからグレアを放たれると、通常のプレイとは比べものにならないほどの喜びをＳｕｂは感じると言われている。

ジェラルドはもしパートナーにグレアを用いてのプレイを望まれても、それに応えられない不完全な己の身を恥じているようだった。

「……グレアの力が弱くても、僕のパートナーはあなただけです」

グレアが満足に使えなくても、アールの彼に対する気持ちは少しも揺るがない。

アールがそう伝えると、ジェラルドは目を瞠り、そしていつもの柔らかな笑みを浮かべた。

「こんな私を、まだパートナーだと言ってくれるのか」

ジェラルドはアールの手を取り、告げてきた。

「もう何があっても同意のないプレイは行わないと誓う。プレイ以外でも、君が嫌がることはしない。だから、このまま私のパートナーでいてほしい」

「ジェラルド……」

胸が詰まって言葉が出てこない。

——僕をパートナーだって言ってくれてた……。

アールは、ＤｏｍとＳｕｂはプレイを通じて理解し合うものだと思っていた。

プレイに応じられないならＳｕｂの資格はないと……。

けれど、ジェラルドは本能にただ従うのではなく、共に過ごす時間を経ることで互いへの理解を深めていき、少しずつ信頼関係を築こうとしてくれていたのだろう。

パートナーだと認めてもらえ、傍に置いてもらえるのなら、これ以上望むものはない。

アールはジェラルドに必要とされていることを知り、喜びでまた涙ぐみながら、「はい」と返事をした。

＊＊＊＊＊

それから数日後、ジェラルドは仕事で地方の視察に出発した。

帰宅予定は四日後で、その間、アールは一人で留守番することになる。

そこで視察に同行するアイザックの提案で、同じく留守番のジゼルがアールの話し相手をしてくれることになった。

ジェラルドが出発するのと入れ違いでジゼルがやって来て、笑顔で出迎えるアールを見てホッとした顔を見せた。

ジェラルドとのことを以前、相談したから、気にかけてくれていたらしい。

アールはジゼルに改めて礼を言い、二人で他愛のない話に花を咲かせ、おかげでジェラルドがいない寂しさを紛らわすことが出来た。

ジゼルもアイザックのいない屋敷で一人過ごすのが寂しいのか、翌日も朝から足を運んでくれ、共にランチを食べまったりとした午後を過ごす。

「今どのあたりですかね？」

「アイザックたちか？　もう視察地に着いている頃じゃないか？」

ジゼルにチェスの相手をしてもらっている最中も、ふと気を抜くとジェラルドのことが頭を過《よぎ》る。

アールはなんとなく仕事のことは聞きづらく、ジェラルドも特に詳しい話はせずに出発してしまったので、ジゼルから今回の視察は地方の治安警備を行っている軍人たちの仕事ぶりを確認するためのものだと教えてもらった。

「大変なお仕事でしょうか？」

「部下の仕事ぶりのチェックをするだけだから、特に問題がなければ明後日《あさって》には予定通り視察を終えて戻って来るだろう」

「そうですか」

危険を伴わない仕事だと聞き、安堵する。

しかし、すぐにジゼルが何か思い出したように言葉を続けた。

「ああ、だが、数日前から視察予定の地方は豪雨に見舞われているらしい。山を越えるのに少し難儀したかもしれないな」

ジゼルは淡々と他人事のように語るけれど、現地の天候まで把握するほどアイザックのことを心配している。

「じゃあ、道の状態によっては、少し帰宅が遅れるかもしれませんね」

「遅れる時は使いが来る。いつもそうだから」

帰宅を待つ方も気が気でないが、パートナーを残して数日屋敷を空けなくてはならない彼らも、こちらの様子を気にかけてくれているようだ。

――早く帰って来てほしい。

仕事の邪魔をしたくないから何も言わなかったけれど、本心では離れたくなかった。

プレイをしなくともジェラルドが毎日屋敷に帰って来てくれ、少しでも顔を合わせる時間があるだけで安心出来る。

初めての留守番だからだろうか、何をしていてもいまいち集中出来ず、ずっと気持ちが落ち着かない。

その時、応接間に使用人頭が慌てた様子で飛び込んで来た。

その壮年の男性は、ジェラルドが生まれる以前からローデマー家に仕えているらしく、いついかなる時も冷静で、当主を陰ながら支えてくれている。

そんな彼が慌ただしく駆け込んで来たことで、胸騒ぎを覚えた。

「失礼いたします。先ほど、軍の使いがお越しになり、伝言を賜りました」

「僕に伝言ですか？」

「はい。……旦那様が視察先で落石事故に巻き込まれたと……」

使用人頭の言葉を聞き、理解することを拒否してしまったかのように頭が真っ白になった。

――ジェラルドが事故に巻き込まれた……？

数秒後、ようやく言葉の意味を理解出来たが、アールはそれでもまだ信じられなかった。

「嘘だ。悪い冗談はやめてください」

生真面目な彼が嘘などつくはずがないことを、アールは知っている。

それでも嘘だと思わないと、自分を保っていられなかった。

「アール様、これは本当でございます」

耳を両手で押さえつけ、これ以上残酷な事実を耳に入れないように丸くなる自分の顔は、きっと血の気を失っているだろう。

使用人頭が心配しアールに歩み寄る途中、横からジゼルが手を伸ばし、彼の胸倉を摑んで自身に引き寄せた。

「アイザックは!?」

「ジゼル様、使いの者からは、アイザック様の安否は知らされませんでした」

「私のアイザックは無事なのかっ？」

「申し訳ありません。私ではわかりかねます」

使用人頭はジゼルの剣幕にも怯《ひる》まず、落ち着いた声音で繰り返す。

やがてジゼルは突き放すように使用人頭を解放し、応接間を出ていこうとした。

「ジゼル様、このまま当家に滞在してください。ランツォ家には当家より使いを出し、何か情報が入り次第知らせるようにいたします。どうか、お一人で行動しないでください」

それは使用人頭の気遣いだ。

彼はＮｅｕｔｒａｌだが、Ｄｏｍの当主に仕え、Ｓｕｂとの結びつきの強さを知っている。

アイザックの安否がどうであれ、ジゼルを一人にするのは危険だと判断したのだろう。

使用人頭の懇願でジゼルは次第に冷静になっていき、長く息を吐き出した後、「乱暴を働いて悪かった」と謝罪した。

「アール、ひとまずお前の部屋で待とう」

「ジゼルさん、僕、どうしたらいいのか……」

自分の耳を引きちぎりそうなほど握りしめ、不安で瞳を揺らすアールを、ジゼルは優しく抱きしめてくれた。

「不安なのは私も同じだ。二人で次の知らせが来るまで待とう。私も一人ではいられないから」

「ジゼルさん……」

「ほら、そんな風に耳を摑むな。傷でもついたら、ジェラルドが帰って来た時に心配する。私も叱責されるかもしれない」

ジゼルが手を握り、耳から離させる。

重ねた手が小刻みに震えていた。

自分だけでなく、ジゼルもパートナーを失うかもしれない恐怖と戦っているのだ。

「ジェラルドにはアイザックがついている。あいつがジェラルドを危険にさらすわけがない。そしてアイザックも、私が待っているのだから必ず帰って来る。アイザックは絶対に約束を守る男なんだ」

ジゼルはアールを安心させるために口にしてくれたのだろうが、同時にそれは彼自身への言葉でもあったのだろう。繋いだ手をずっと離さなかった。

――ジェラルド、どうか無事でいて……っ。

本当は、今すぐにでも彼の元へ飛んでいきたい。

しかし、視察地は丸一日以上かかる場所にあり、さらに落石事故に巻き込まれてしまう危険があるため、使用人頭に強く止められた。

万が一、入れ違いでジェラルドが帰って来た時にアールが不在だったなら、彼がどれほど心配するか……。

今の自分と同じ苦しみを味わわせてしまうかもしれない。

だから不安に押し潰されそうになりながら、ジゼルと寄り添い眠れぬ夜を明かした。


翌朝。

ジェラルドが無事に帰って来ることを祈りながら窓の外を見ていると、見慣れた車が敷地内に入って来るのが目に入った。

「ジゼルさん、ジェラルドの車が戻って来ましたっ」

疲れてベッドに横になっていたジゼルを起こし、二人で玄関へと駆けていく。

使用人たちも車に気づき玄関に集まって来ており、アールたちがやって来るとドアを開けてくれた。

黒地に金色で模様が描かれた車はゆっくり玄関前に停車し、使用人が外からドアを開くと、身をかがめたジェラルドが降り立ち、屋敷中の者が勢ぞろいしていることに気づいて驚いたように軽く目を見開く。

「どうしたんだ、総出で出迎えるなんて」

「旦那様、ご無事でよかったです。使いの者から旦那様が事故に遭ったと聞いた時は、生きた心地がしませんでした」

「落石事故に遭遇したが、私は無事だ。心配はいらない」

使用人頭を始め、皆ジェラルドの無事を喜んだ。

アールも知らせを耳にした時からこれまでの不安な気持ちが一気に消え、安堵から身体の力が抜けて、すぐにでも駆け寄りたいのに足が動かなくなってしまった。

「アール様も旦那様のご無事を願い、寝ずにお帰りをお待ちでした。さあ、アール様、旦那様のお近くへ」

使用人頭に手を引かれ、ジェラルドの前まで誘導される。

ジェラルドは正面に立ったアールに向かって、出発前と変わらぬ笑みを見せてくれた。

「ただいま、アール」

「ジェラルド……っ」

瞳から大粒の涙を流しながらジェラルドの腕に飛び込むと、彼はアールの身体を包み込みながら囁いた。

「心配させてすまない」

こうして無事に帰って来てくれたのだから、謝らなくていい。

彼にそう伝えたいのに、胸がいっぱいで言葉を紡げない。

子供のように泣きじゃくっていると、おぼつかない足取りでジゼルが近づいて来た。

「ジェラルド、アイザックは？」

青い顔をしたジゼルが強張った声で質問すると、ジェラルドがそっと目を伏せ答えた。

「……車に乗っている」

ジゼルは弾かれたように駆け出し車に飛び込む。

中からはジゼルの涙声と、必死に慰めるアイザックの声が聞こえてきて、アールも自分のことのようにホッとした。

「よかった、アイザックさんも無事だったんですね」

「いや……、アイザックは山が崩れた時、私をかばって岩の下敷きになってしまったんだ。軍医にすぐ手当てしてもらったが、左足の骨が折れているそうだ。ジゼルにもアイザックの怪我の状況を知らせようと思ったが、余計な心配をかけてしまうと止められて、それなら一刻も早く送り届けようと、視察は中止にして急いで引き返してきた」

「そう……だったんですか……」

——アイザックさんは、ジェラルドをかばって……。

アイザックがいなければ、ジェラルドはどうなっていたかわからない。感謝してもしきれないが、ジゼルのことを思うと胸が苦しくなる。

ジェラルドも同じように思っていたのか、くぐもった声で忌々しげに胸の内を吐き出した。

「私の目が見えていたら防げた事故だった。……この目が恨めしい」

弱視ゆえに山の崩落に気づかず避難が遅れ、自分の身代わりでアイザックが負傷してしまったことに対し、ジェラルドは自責の念に駆られているようだった。

しばらくして車の中が静かになり、二人で様子を見にいくと、ジゼルが泣き疲れて眠っていた。アイザックが口元に指を立て、声を出さないように合図してくる。

アイザックはこのまま自宅に帰ると言い、二人で車を見送った。

「大丈夫でしょうか、アイザックさんは」

「後遺症が残るほどではないとの見立てだが、大事を取って完治するまでは仕事を休ませようと思う」

「アイザックさんがいなくて、ジェラルドのお仕事は大丈夫ですか？」

生まれ育った屋敷での生活は特に不自由なく送れているが、仕事となると話は別だ。

書類の読み上げなど、視力を必要とする時にアイザックが補佐してくれているのだと以前聞いた。

頼りにしているアイザックがしばらく不在では、仕事に影響を及ぼしてしまうのではないだろうか。

誰か別の者に補佐してもらうにしても、アイザック以外の部下はジェラルドの視力のことを知らず、万が一、人選を間違えて弱視であることを周囲に言い触らされたら、司令官の職を退かなくてはいけない可能性が出てきてしまう。

そのためジェラルドは書類仕事は持ち帰り、使用人頭に読み上げてもらうことで当面をしのごうとしたが、問題はそれ以外の業務をどうするかだ。

特に、落石事故でいったん中止した今回の視察は早急に行わなければならないらしく、出来ることなら明日にでも再び出発したいという。

悩んだ末に、ジェラルドは信頼出来る部下に打ち明けて、アイザックの代わりを務めてもらうことにしたようだが、人選は慎重に行わないといけないため、視察に出発するまでに時間を要することになってしまう。

——適任者がすぐに見つかるといいんだけど……。

心中で呟いた時、アールはふとあることを閃《ひらめ》いた。

——……僕は？

ジェラルドの弱視のことをすでに知っているし、彼を裏切るようなことは絶対にしない。何か仕事をしているわけでも、予定があるわけでもないから、明日視察に出発すると言われてもついて行ける。

自分以上に、彼の補佐役に条件がぴったり合う人物はいないのではないだろうか。

——でも、僕なんかがお仕事に同行してもいいのかな……？

ジェラルドのパートナーと言っても、軍の仕事についての知識はない。何か不作法をしてしまって、ジェラルドに恥ずかしい思いをさせたり、迷惑をかけてしまったりする可能性もある。

アールはすぐにでも立候補したい気持ちを抑え、一晩じっくり考えてから、翌朝ジェラルドに切り出した。

「ジェラルド、話があります。……今アイザックさんが休養中だから、お仕事を思うように進められないんですよね？　特に視察のことを気にしてましたけど、あの……僕が同行します」

「……アールが？」

「はい。お仕事のことは正直よくわかりませんが、ジェラルドが何を知りたいかを教えてくれれば、僕は全てあなたに伝えます。どうぞ、気兼ねなく僕を使ってください」

ＳｕｂがＤｏｍの公務に同行するなど、前代未聞だろう。

自分でもきちんとした働きが出来るかわからず不安もあるけれど、熟考の末、今一番の適任者はやはり自分しかいないと思ったのだ。

生活を共にしているパートナーだから、ジェラルドも遠慮なく指示を出せるだろうし、アールもそれに従順に従う。

これでようやく彼の役に立つことが出来る、とアールはやる気に満ちていた。

しかしジェラルドは落石事故に見舞われたことで、危険を伴う仕事に連れていくことを躊躇《ためら》っているようだった。

「気持ちは嬉しいが、なんの訓練も積んでいない一市民のアールを同行させるのは危険だ。君に何かあったら私は自分を責めるだろう。私のためにも、屋敷で待っていてくれ」

けれど、アールも今回ばかりは引く気はない。

「ジェラルドが反対しても、無理やりにでもついていきます。あなたの役に立ちたいんです」

決意を込めて見つめると、その眼差しの強さから揺るがない意思を感じ取ったようで、ジェラルドが渋々了承してくれた。

「……わかった。ただし、何か危険なことがあったら、私のことは置いて逃げるんだぞ？」

「はい、わかりました」

返事はしたけれど、ジェラルドに危険が迫った時、一人で逃げるなんて出来ない。自分の身に代えても彼を助けようとするだろう。

ただ、それを口にしたらまた反対されると思い、その決意は胸に押し込め、一つ気がかりなことを質問する。

「あの、でも、Ｓｕｂの僕が一緒についていって大丈夫でしょうか？」

「前例はないが、私は軍の最高位の司令官だからな、特権を使わせてもらう。部下には私の精神状態が不安定で、パートナーのサポートが不可欠なのだと伝えよう」

補佐官のアイザックが負傷したことで不安定になっていると言えば納得するだろう、とジェラルドは言った。

こうしてアールは翌日、ジェラルドと共に地方の視察へと旅立った。

＊＊＊＊＊

視察に出発して二日目。

ジェラルドとアールは部下を二十人引き連れ、視察地を目指して移動を続けていた。

山の崩落があった道を避けるため前回とは異なるルートを行くことになり、山を迂回《うかい》して進むことになったのだ。通常ルートよりも時間がかかってしまうが、安全には代えられない。

部下たちは五台の車に分乗し、ジェラルドとアールは彼の専用車で移動している。

――ふるさとの景色と似てる。

車窓を流れていく景色を見ていると、ふと昔の記憶を呼び起こされた。

生まれ故郷とこれから訪れる視察地は異なる場所だが、王都から離れるに従い自然が増え、のどかな風景に郷愁を誘われた。

「そういえば王都を出るのは初めてです。僕は故郷と王都しか知らないので、新しい土地に行けることが少し楽しみです」

ジェラルドからしたらこれは仕事の一環で、呑気《のんき》に旅行気分を楽しんでいる場合ではない。

言った後でそれに気づき、慌てて訂正する。

「もちろん、お仕事だと自覚してますし、きちんと役割をこなします」

「今は二人きりだ。そう固くなることはない。現地に着くまでは、景色を楽しんでくれていい」

ジェラルドは仕事中でもアールに対する気遣いを忘れない。

――思い切ってついてきてよかった。

ジェラルドは軍の仕事で忙しいため、必然的に二人で過ごす時間もわずかしか取れない。アールもジェラルドの仕事の重要性を理解し、会う時間が少なくても寂しい気持ちを我慢していた。

　ジェラルドの仕事に同行しようと思ったのは、純粋に彼の役に立ちたいと思ったからだったが、結果的に視察の間は一日中一緒にいられる。それは嬉しい誤算で、あの時にジェラルドを説得してよかったと心から思った。

「今日の夕方には視察地に到着する。長旅で疲れていないか？」

「はい。休憩を取りながら進んできましたし、ジェラルドが傍についていてくれましたから」

　幼い頃のトラウマから車が苦手だったが、乗れないと視察に同行出来ない。

　屋敷を出発してしばらくは必死で恐怖心を我慢していたが、無理をしていることに気づいたジェラルドが、車に慣れるまで根気強く背中を撫で続けてくれた。

　車はアールにとって辛い体験の象徴だったが、彼のおかげで優しい思い出へと少しずつ変化していっている。

「車を克服したのなら、今度は視察ではなく旅行にでも行こうか」

「旅行って、どういうことをするんですか？」

　寄宿舎で暮らしていたアールは、旅行なんてもちろん行ったことがなく、具体的に何をするのかわからずに質問した。

「行きたいところへ行き、好きなことをするんだ。人によって楽しみ方は違う。例えば、地方の別荘に行ってのんびり休んだり、海に行って泳いだり……。アールがしたいと思うことをしよう」

　旅行にはこうしなければいけないというルールはないようで、自由な反面、未経験者のアールは困ってしまう。

なぜならアールは、ジェラルドの傍にいられるのなら場所なんてどこでもいいからだ。

特に行ってみたい場所もないし、やりたいことも思い浮かばない。

——あ、でも、一カ所だけ行ってみたいところがある。

ジェラルドに言ってもいいものか悩み、チラチラと顔色を窺ってしまう。するとジェラルドが促してくれ、胸の奥にしまっていた思い出の地を口にした。

「故郷をもう一度見てみたいんです。それと、両親にも会いたい。僕が成長した姿を見てほしい」

寄宿舎の規定で、Ｄｏｍは引き取ったＳｕｂの実家に資金援助することが定められている。ジェラルドもアールをパートナーとして迎えて以来、かなりの金額を両親に送金してくれていた。

両親からはジェラルド宛てに毎月感謝の手紙が届き、そこにはアールに宛てた手紙も同封されている。

寄宿舎では外部の人間との面会は禁止されていたが、月に一通だけ手紙をやり取りすることは許可されていた。親元を離れて暮らす生徒たちは皆、両親からの手紙を楽しみにしており、アールも心の支えにしていたが、二人を心配させたくなくて寄宿舎での暮らしを満喫しているかのように装った手紙を書いていた。

しかし今は、自分は幸せに暮らしていると、嘘偽りのない気持ちを手紙に書き綴《つづ》っている。

それもこれも、ジェラルドのおかげだ。

彼にパートナーとして引き取ってもらえなければ、あのまま十八歳を迎え寄宿舎を強制的に卒業させられていた。そうなったら両親に顔向け出来ず、会いに行こうとすら思えなかっただろう。

　かつては叶うことは難しい夢だと半ば諦めていたが、ジェラルドが両親に会いに行くことを許可してくれたら、その夢を実現出来る。

　そして彼は、アールの肩を抱き寄せ頷いてくれた。

「今、一つ大きな仕事を抱えている。それが終わったらアールの故郷へ行こう。よかったら、私のことをパートナーとして紹介してくれると嬉しい」

「ありがとうございます……っ」

　通常、Ｄｏｍはパートナーの親族へ資金援助するだけで挨拶に行くことなどない。それなのにジェラルドは当たり前のように両親に会いたいと言ってくれ、それが彼に大切にされている証のように思え、心が満たされていく。

　ジェラルドとプレイしたのはたった二回だけで、相変わらず欲求を抑えるための抑制剤を互いに服用している。パートナーの形としては一般的ではないが、プレイをしなくともこうして一緒にいるだけで十分満たされ、アールは心身共に安定した日々を送れていた。

「その大きなお仕事っていうのは、どういうものなんですか？　どのくらい時間がかかりそうです？」

　旅行が楽しみで仕方なく、つい踏み込んだ質問をしてしまった。

　するとジェラルドはやや間を置いて、窓の外に視線を移しながら含みを持たせた口調で告げてくる。

「それは今回の視察にも少し関係している。現地に着いたらわかるだろう」

「あ……、すみません。気軽に話していい内容ではないですよね」

ジェラルドの肩書きを考えれば、外部の人間に口外出来ない仕事もあるだろう。そこまで考えられなかったことを反省する。

ジェラルドは俯くアールの頭を励ますようにポンポンと軽く撫で、柔らかい眼差しを送ってくれた。

——優しい人。

でも、彼に甘えて頼ってばかりではいけない。

アールは深呼吸し、浮ついた気持ちを引き締めた。


「何、これ……」

視察地にあたる小さな村に到着し、アールは言葉を失う。

王都を遠く離れた西の大地は、想像と全く違った様相を呈していた。

一面の麦畑は夕日に照らされオレンジ色に染まり、それはとても美しくのどかな景色で、故郷の村を彷彿《ほうふつ》とさせられる。

しかし、もうすぐ陽《ひ》が落ちるというのに、畑では多くの住民が黙々と農作業をしており、腰に立派な剣を下げたイノシシ族の軍人たちが巡回しながら彼らを監視していた。そして少しでも手を止めた住民がいようものなら、すぐさま近くの軍人が怒声を浴びせ作業を続けるよう叱責する。

その異様な光景に、いったいこれはなんなのかと、畑を凝視してしまった。

「アール、何が見える？　私に教えてくれ」

アールの独り言を聞きとがめ、ジェラルドが表情を固くして尋ねてきた。

目の前の状況を漏らさずに伝えると、ジェラルドは渋い声音で呟く。

「ここもか」

その一言で、この視察地だけが特別な状況にあるわけではないことを悟った。

「僕の故郷では軍人を目にすることは滅多にありませんでした。揉《も》め事が起きた時の仲裁役だと思っていましたが、軍人は本来、住民の働きぶりを監視するために配置されているのですか？」

「いいや、私はこのような指示は出していない。部下たちを派遣したのは、住民の安全を守り治安を維持するためだ」

一度目の視察の時にジゼルから、ジェラルドたちは部下の仕事ぶりを確認しに行くのだと聞いた。

アールは適正な人員が配置され、指示した仕事をこなしているかのチェックに行くと思っていたが、そうではなかったらしい。

ジェラルドが厳しい顔つきで語った時、司令官の到着に気づいた軍人の一人がこちらに駆けてきた。

「ご到着をお待ちしておりました」

「何をしている？」

「は……？　申し訳ありません、ご質問の意味が……」

「なぜ住民を監視し、強制的に働かせているのかと聞いているんだ」

「え……、それは……」

口調は静かだが明らかに怒気を孕んだ質問に、軍人は顔色を変え答えを探すように目線を泳がせる。

すぐに返答がないことに、ジェラルドは苛立《いらだ》ったように鼻の上に皺を寄せ、今にもその鋭い牙で襲いかからんばかりの形相になった。

軍人は上官の逆鱗《げきりん》に触れたことを悟り、身体を強張らせダラダラと額から汗を流す。アールもこれほど怒りを露《あら》わにしたジェラルドを見たのは初めてで、荒々しい一面を覗かせる姿に、彼は肉食獣だったのだと今さらながら実感した。

「誰の指示だ？　お前たちの仕事は住民の安全を守ることだろう？　それをどうはき違えたらこのような仕打ちが出来るんだ？」

軍人は大柄な体躯を縮め、ボソボソと経緯を報告してきた。

「い、一年前に、司令官の指示書を受け取りました。それには、この土地の領主が住民の納める税が少なく困窮しているので、住民の仕事ぶりを監督し生産性を向上させるために協力するよう書いてあったんです。後日、領主からも徴税を頼まれたので、我々は指示書の通りに住民を管理し、納税させていたのですが……」

「それは偽の指示書だ。たとえ税を徴収出来ず領主が困窮しようと、それは軍が関与すべきことではない。領主が解決しなくてはならない問題だ」

軍人が言うには、領主から伝えられた納税額を達成するためには住民に長時間の労働を強いなくてはならず、次第に監督ではなく監視するようになったそうだ。軍人たちは、司令官の指示を遂行するためなら住民に重労働を課しても仕方がないとし、監視を続けてきたという。

けれど、その指示書が偽造されたものだと聞かされ、青ざめていった。

「申し訳ありませんっ。指示書には司令官のサインと封蝋《ふうろう》があったため、信じてしまいました……っ」

ジェラルドは大きなため息をつき、すぐさま本日の仕事を中断させるよう言い渡し、イノシシ族の軍人はその指示を急いで仲間に伝えにいった。

ジェラルドは額を押さえ、沈鬱な表情を浮かべている。

アールは声をかけていいものか少し迷い、自身の役割を思い出して麦畑の様子を伝える。

「先ほどの軍人さんが、皆さんに伝達してくれてます。住民たちにも作業を止めてすぐに帰るよう言っているようで、少しずつ畑から人が去っていってます」

「そうか。……すまないな、アール。このような現場を見せてしまって」

アールは首を左右に振り、おずおずと尋ねる。

「ジェラルド、これはいったい……？」

サインや封蠟を真似《まね》るには、実際にジェラルドの書簡を見たことがないと出来ない。そもそも誰がなんの目的でやったことか、アールには皆目見当がつかなかった。

「……私が軍に入隊して少しした頃から、当時の司令官である私の父の名で、一部の領主たちにある密書が送られるようになったんだ。密書には、領地からの徴税額を増やすために軍が協力するという内容が書かれていて、さらに徴税に成功した場合の報酬についても記されていた。規定の税を国に納めた後、余剰分は領主のものとなる。住民に多く税を納めさせれば領主の懐が潤うんだ。いくばくかの報酬を渡すだけで実入りが多くなるのなら、と飛びついた領主も少なくなかった」

さらに同時期にもう一通、地方に派遣されている軍人たちにも司令官の名で、今回、この地方の軍人たちに届いたものと同様の内容が書かれた指示書が送られたらしい。

もちろんジェラルドの父はどちらの書簡も出しておらず、この件が発覚してからは、書簡を偽造した人物を突き止めようと捜査を始めたそうだ。

だが、領主たちを問い詰めても偽造された密書を盾に、全ての罪を司令官であるジェラルドの父になすりつけようとしてきたという。

「密書を偽造した人物は、各地の領主の中でも特に欲深い者を選び、密書を送りつけていたんだ。そして密書を受け取った領主も、軍の司令官がそのような取引をするわけがないと思いながらも、何かあれば司令官に全ての責任を取らせればいいと計算して、この話に乗ったのだろう」

領地に住む民を守るはずの領主がこれでは、今回のように発覚まで時間がかかってしまうケースがあるようだ。

アールはゴクリと唾を飲み込み、信じられない気持ちで問いかける。

「司令官の名を騙《かた》った者の目的は、領主からの報酬でしょうか？」

「その可能性もあるが、もっと別の目的がある気がしている。……私が司令官になった三年前から、さらに同様の事件が頻発するようになったんだ。なんらかの恨みを持つ者が軍の評判を落としたいのか、または……。いずれにしても、いまだに首謀者を捕らえられないのは、私の力不足に他ならない」

そこでジェラルドは口を閉じ、話題を変えるように明るい声音で告げてきた。

「暗い話を聞かせてすまなかった。もう日が暮れる。宿へ行って休もう」

「……はい」

ジェラルドは首謀者の目的について語った時、不自然に言葉を濁した。

何を言おうとしたのか気になったが、部外者の自分が聞いてはいけない内容なのかもしれないと思い、アールは口を噤む。

宿屋を目指し走る車の中、ジェラルドはいつになく険しい表情で窓の外へ視線を向けている。

彼の金色の瞳は夕日を浴び、燃えるような赤色に変わっていた。

＊＊＊＊

視察を終え王都へ向かう帰り道、ジェラルドが「もう一カ所寄りたいところがある」と言ってきた。

アールが了承すると、車は王都の北の地区へ向かい、意外な場所で停車した。

塀で囲まれたレンガ造りの校舎と、その隣にある寮。

ここはアールが十年の時を過ごしたＳｕｂの寄宿舎だ。

「アール、濃い茶色の車は停まっているか？」

「えっと……、はい、あります。奥に停まってます」

「ここからは私だけで行く。君はここで待っていてくれ」

「僕も行きます」

「必要ない。ここへは何度も足を運んでいる。一人で歩ける」

ジェラルドはアールに何も説明せず、先を急いだ様子で一人車を降りてしまった。

しばらくジェラルドの背中を見送っていたが、慣れない建物に不自由するのではないかと心配になり、言いつけを破って寄宿舎へ足を踏み入れる。

三ヵ月ぶりに訪れた寄宿舎は、当時と何も変わっていない。

アールは迷いなく進み、ジェラルドの姿を探しながら歩く。

廊下にいてくれればすぐに見つけられるが、寄宿舎は部屋数が多いため、室内に入られたら見つけるまでに時間を要してしまう。

正面から入ってすぐ、左右に延びた廊下を確認したがジェラルドの姿は発見出来ず、仕方なく一部屋一部屋中を覗いて確認していくことにする。

寄宿舎の各教室は、廊下から室内がよく見えるように上半分にガラスがはめ込まれている。これはＤｏｍがパートナーとなるＳｕｂを探しに訪れた時のためのもので、十五歳未満の教室も全て同じ造りになっている。

廊下を歩いていると、寄宿舎にいた頃の様々な感情が蘇ってきて、アールは憂鬱な気持ちになった。

十年もの年月を過ごしたというのに、寄宿舎にはほとんどいい思い出はない。

唯一、寄宿舎に入学してよかったと思えるのは、ジェラルドと出会えたことだろう。

彼のパートナーになれたことを思えば、ここでの十年間は意味のある日々だったのだと思えた。

アールは窓から教室の中を覗き込み、ジェラルドの姿を探す。そして四つ目の教室を確認していた時、ふいにジェラルドの声が聞こえてきた。

両耳を立て、声がする方に向かって進んでいく。

廊下の一番端、生徒の入室が禁止されている応接間の中からジェラルドの声が聞こえてきていた。

そこは面談に訪れたＤｏｍを通すための部屋で、廊下からは中の様子が見えないようになっている。ドアの前で耳をそば立て、声に意識を集中した。

——もう一つ、声が聞こえる。

応接間の中にはジェラルドの他にも数人の気配があるが、声はジェラルドともう一人、耳に馴染みのない年配の男性らしき人物のものしか聞こえなかった。

「なんのことかさっぱりわからないな。言いがかりだ」

「知らぬふりを続けないでください。Ｓｕｂを守るというのは口実で、裏で何をしているのか、私は知っています」

「手柄を立て司令官として名を馳《は》せたいのでしょうが、全くの言いがかりです。確たる証拠はあるんですか？」

——なんの話？

二人の声色から険悪な空気を察し、もっとよく聞こうとついドアにぺったりくっつくと、立てつけの悪いドアがガタンと大きな音を立てた。

部屋から息を飲む気配がし、どうしようとオロオロしているうちに、こちらへ大股で近づいてくる足音が聞こえてきた。

目の前のドアが大きく開かれ、怖い目つきをしたジェラルドが姿を現す。

彼は廊下に立っているのがアールだと気づいたようで、目を眇め確認してきた。

「……アールか？」

「そうです。……すみません、気になってついてきてしまいました」

「車で待っているよう伝えたはずだ。先に戻っていろ」

「はい、すみません」

ジェラルドは怒鳴りはしなかったが、語気を強めて戻るよう言ってきた。

アールがしょぼんと耳を倒し、肩を落として踵《きびす》を返すと、室内にいる人物に呼び止められた。

「待ちなさい。君はＳｕｂだね？　司令官のパートナーかな？」

「彼はこの話とは関係がありません。すぐに下がらせます」

「その子も寄宿舎の出身でしょう？　数ヵ月前までいたのを覚えてます。あのまま十八歳になり卒業を迎えると思っていましたが、引き取り手が現れたそうですね。引き取ったのは君でしたか。……ほう、なるほど」

チラリと視線を送ると、ソファにどかりと座りニヤニヤと笑っている小太りの男性が目に入った。

――あれ、あの人、ザカリー長官？

以前、王都を散策していた時に会った。

この寄宿舎を設立したＤｏｍとして、Ｓｕｂからの信頼も厚い人物だ。

――ジェラルドはザカリー長官に会うためにここに来たの？

ジェラルドはザカリーの指摘に眉根を寄せ、顔を強張らせる。

「それが何か？　私が誰をパートナーにしようとあなたには関係ないでしょう」

「大いにあります。君はこれまでずいぶん寄宿舎の在り方について口を出してきましたが、Ｄｏｍの本能には逆らえなかったようですね。その子を買ったのでしょう？　欲望に負けてパートナーを手に入れておいて、Ｓｕｂを選定する場を作った私を批判するんですか？」

「私はあなたとは違いますから」

「口ではそう言っていても、Ｓｕｂからしたら私も君も同じ肉食獣、なんら違いはないんですよ」

その瞬間、ジェラルドは発達した犬歯を剝き出しにし、怒りを全身で表した。拳《こぶし》を握りしめ、足を踏み鳴らすようにしてザカリーの前に立つ。

護衛だろう雑食動物のクマ族ヒグマ種の男性二人が前へ出てジェラルドを睨みつけたが、彼は護衛など眼中に入れず、ソファに座るザカリーに向かって腹の底から絞り出したような声音で宣言した。

「必ず貴様の悪事を暴いてやる」

「はは、まだお若いから、大人の戦い方を知らないようですね」

ジェラルドはギリリと歯を嚙みしめ、アールの腕を取って歩き出す。

その背は怒気を孕み殺気立っていた。

車に乗り込んだジェラルドは運転手に屋敷に戻るよう伝え、座席に深く腰かけ目を瞑《つむ》る。声をかけられない雰囲気で、アールはわけがわからぬまま口を噤んでジェラルドを見つめる。

——ジェラルドがあんな言葉遣いをするなんて……。

軍人というイメージからは程遠い穏やかな気質を持つジェラルドが、部下でもないザカリーにあのような態度を取るなんて信じられない。

二人の間で交わされた会話の全ては耳にしていないが、ザカリーが何かしらの悪事を働いているとジェラルドは疑っているようだ。

——寄宿舎に関わることみたいだった。

アールがジェラルドの元に引き取られてからも、寄宿舎はこれまで通り運営されており、まだ多くの生徒たちがＤｏｍに引き取られる日を待っている。

その寄宿舎の責任者でもあるザカリーが悪事に手を染めているとしたら、あの子たちはどうなってしまうのだろうか……。

「……君には見せたくなかった」

ふいに目を瞑ったまま、ジェラルドが言葉を発した。

独り言かと思ったが自分にかけられた言葉だと気づき、思い切って尋ねてみる。

「あの、長官は何かしているんですか？」

「……寄宿舎では、十八歳を迎えたＳｕｂはどうなると聞いている？」

「故郷へ戻る者もいるけど、本人が望めば長官の伝手でＤｏｍのパートナーにしてもらえると聞きました」

ジェラルドはゆっくり瞼を開け、アールを見つめながら告げた。

「長官の伝手で引き取られた者がどうなるかまでは聞かされていないだろう？　……肉食獣の中には凶暴な気質を持て余している者もいる。そういった者はＳｕｂにひどいプレイを強要するんだ。サブドロップに陥ってもケアせず放置して、心が壊れてしまったらまた別のＳｕｂを引き取って……。それを繰り返している。長官は秘密裏に非道な肉食獣に、十八歳を迎え卒業を余儀なくされた行き場のないＳｕｂを、高額で引き渡しているんだ」

「え……」

「それだけじゃない。Ｄｏｍが求めるだけのＳｕｂを十分に確保するため、繁殖へ回される者もいる。Ｄｏｍが好む種族の生徒を、長官の息のかかった者が引き取り、寄宿舎を出た後は本人たちの意志に関係なく子供を作らされている」

あまりにも残酷な話で、アールはいつしか震え出していた指を握り込んだ。

「ザカリー長官が、そんなことを……？」

両親もアールも、寄宿舎に入ればゆくゆくはＤｏｍのパートナーとして安定した生活が送れると思っていた。だから寂しさをこらえて故郷を発《た》ったのに。

それは他の生徒たちも同じだろう。

皆寄宿舎に入ることこそが幸せへの道なのだと、そう信じている。

それなのにまさか、裏でそのような悪質なことが行われているだなんて……。

ジェラルドの言葉だったとしてもすぐには受け入れられなかった。

アールの声が震えていることに気づき、ジェラルドは対面の席を立ち、寄り添うように隣に腰を下ろした。

「こんなにひどい話を聞かせるつもりはなかった。だが、長官との会話を聞かれてしまい、隠すことは出来ないと判断した。それに、寄宿舎からＤｏｍに引き取られたＳｕｂが、全員辛い人生を強いられているわけではない。肉食獣の中にもＳｕｂをパートナーとして、大切にしている者もいる」

ジェラルドに言われて、ジゼルとアイザックの姿が頭に思い浮かんだ。

――ジェラルドも、僕にとても優しくしてくれてる。

Ｄｏｍだからといって、Ｓｕｂを虐げる者ばかりではない。

強張ったアールの肩をジェラルドが包み込むように抱き、落ち着かせてくれた。

「すみません、驚いてしまって……。でも、そうですよね、中にはきちんと信頼関係を築いている人たちもいますよね。アイザックさんとジゼルさんのように」

なんの気なしに二人の名を口にすると、ジェラルドが歯切れ悪く告げてきた。

「……ジゼルも無理やり繁殖に回されるところだったんだ。あれほどの美貌だ、たった一人のＤｏｍに渡すのが惜しくなったのだろう。彼に似た子を作らせるために、ザカリーの手の者が何人もパートナー候補として送り込まれた。その話を知った時、初めは私が引き取ろうとしたが、アイザックが彼を気に入り、ジゼルも長官の手の者が何人もいる中からアイザックを選んだ。勘が鋭いからわかったのだろう、誰が本当に自分を想ってくれているのかを」

「え……？」

それは同じＳｕｂとして考えたくもない話だったが、アールは他の部分に引っかかりを覚え、ジェラルドを見つめる。

――ジェラルドはジゼルさんをパートナーとして引き取ろうとした？　それって僕と同じじゃないか。

アールもあと数週間で十八歳になるところをジェラルドに引き取られたのだ。ジェラルドが名乗りを上げてくれなかったら、自分は暴力的なＤｏｍに売られていたかもしれない。

ジェラルドが自分を選んでくれたのは、笑顔を見たいと思ったからだと以前言われた。言われた時はすんなり納得し、嬉しく思ったが、本当にそれだけの理由なのだろうか？

——ジェラルドは、僕の年齢が十七歳じゃなくても僕を引き取ってくれた……？

たとえばあの時、アールではなく別の者が十八歳を目前に控えていたならば、ジェラルドは誰を引き取っただろうか。変わらずに自分を選んでくれた？

——ジェラルドなら、気の毒に思って、その子を選ぶ。

悲しいけれど、ジェラルドと暮らし、彼がどれほど心優しい人かを知っているから、より危機的状況にある人を選ぶだろうことがわかった。

——僕じゃなくてもよかったんだ……。

自分に特別な感情を抱いてくれたわけじゃない。たまたま卒業が迫っていたから、選んでくれただけ。

条件が揃っているのなら、誰であってもジェラルドはアールと同じように屋敷に迎え、優しく接するのだろう。

アールは頭を殴られたような衝撃を受けた。

同情で引き取ったから、アールとのプレイを必要としなかったのか。

だからずっと自身も抑制剤を飲み、アールにも飲ませていたのか。

考えれば考えるほど悪い方に思考が進んでしまい、ひどく不安定な状態になっていく。

背中にびっしょり汗をかいているのに体温は低下し、唇も真っ青になっていた。

心臓が不快なリズムで内側から胸を叩き、それが気持ち悪くて嘔吐《おうと》感がこみ上げてくる。

「アール？　どうしたんだ？」

ジェラルドが驚いた声を上げ、アールの顔色を確かめるように頬に手を当てる。

「身体が冷たいのに、こんなに汗をかいて……」

そこでハッと息を詰め、膝に置いた手を握り込んできた。

アールがサブドロップに陥りかけていることを悟ったようで、ジェラルドは痛々しく顔を歪めながら抱きしめてくる。

「すまなかった。もっと配慮するべきだった」

ジェラルドは謝罪を繰り返しながら背中をさすり、頬をすり寄せてくるが、彼はサブドロップの引き金となった原因を間違えている。

——辛い。

自分だけが彼を求めている。

ジェラルドに本心から必要とされていないのなら、パートナーを解消したいとさえ思ってしまう。

そうなっても、アールはきっともう、別のＤｏｍのパートナーになることはないだろう。

一生抑制剤を飲み、Ｓｕｂの本能を抑えつけて生きるしかない。

両親の期待も裏切ることになる。

そうだとしても、パートナーを解消すればこの絶望感を味わわなくてすむ。

ジェラルドは以前言っていた。

パートナーの解消についても、Ｄｏｍだけに決定権があるのはおかしいと。だからアールがパートナーを解消したいと申し出れば、あっさり認めてもらえるはずだ。

たった一言言えば楽になれる。

でも、どうしても声に出せず、涙ばかりがポロポロこぼれ落ちた。

――出来ない……。

どんなに心が傷ついても、彼を失いたくない。

ジェラルドと離れ離れになる以上に辛いことなど、この世に存在しないとすら思えるほど苦しい。

「ジェラルド……」

「なんだ？　何かしてほしいことがあるなら言ってくれ」

どこまでも優しい人。

でも今は、この優しさが余計に辛い。

それは自分がジェラルドを誰よりも愛しているから、とても辛いのだ。

「ジェラルド、僕はあなたの傍にいてもいいんですか？」

プレイパートナーにもなれず、容姿が優れているわけでもなく、聡明《そうめい》なわけでもない。何も持たない自分でも、まだ彼の傍に置いてもらえるだろうか。

ジェラルドはアールを抱く腕の力を強め、答えてくれた。

「私の傍にいてほしいと言っただろう？　何があっても離さない」

ジェラルドの言葉が、暗く沈みかけた心に温かい雨のように降り注ぐ。

その言葉が本心からのものか、ＤｏｍとしてサブドロップにВ陥りかけたＳｕｂを救うための言葉なのかはわからない。

だが、自分の感じる通りに受け止めようと思った。

――まだジェラルドは僕を必要としてくれてる。

それなら、もっと必要とされる存在になろう。

彼に喜んでもらうために。

それが自分の幸せであり、存在意義だ。

寄り添ったジェラルドの心臓の鼓動を聞いているうちに、少しずつ平静を取り戻していく。

「……もう、大丈夫です。ありがとうございます」

ジェラルドの腕の中で彼を見上げ微笑む。

それは、初めてジェラルドに見せる偽りの笑みだった。

＊＊＊＊＊

寄宿舎でザカリーと決裂した翌日。

ジェラルドが一日も休まず仕事に出ることを朝食の席で知ったアールは、当然のように自分も一緒に行くつもりでいた。

「アイザックさんはまだ療養中ですよね？　僕がお手伝いします」

「アールも疲れただろう。必要な時は手伝いを頼むから、屋敷で休んでいてくれ」

ジェラルドは身体を気遣ってくれたようだが、アールは強い意志を込めて繰り返す。

「行きます」

しかし、ジェラルドは困ったような顔をしながら再度断ってきた。

「アール、君は休んでくれ」

しかし、アールもこれで引く気はなく、彼が出勤の支度をしているうちにさっさと車に乗り込んだ。

まさかそこまでするとは思っていなかったようで、ジェラルドは車に乗っているアールを見つけ苦笑を浮かべたものの、降りるよう言ってくることはなかった。

車に揺られ軍本部にたどり着くと、ジェラルドのデスクの上には書類の山が二つ出来ていた。

「いつもこんなにお仕事があるんですか？」

「軍の司令官といっても、実質は事務仕事ばかりだ。さて、さっそく始めよう。アール、急ぎの書類には『至急』というメモが添付されているから、仕分けしてもらえるか？　私は視察の報告書の作成をしておく」

「わかりました」

アイザックのデスクを使う許可をもらい、せっせと書類の山を片づけていく。

ただ書類を仕分けるだけの簡単な作業だが、慎重に間違えないように何度も確認しながら作業したため、思っていた以上に時間がかかってしまった。

二時間が過ぎてようやく二つの山の処理が終わり、ジェラルドのデスクに持っていく。

指示された通りに、デスクの端に至急の書類とそうでない書類の二つに分けて積み上げ、ふとジェラルドの手元を見やると、紙にサラサラと迷いなくペンを走らせていた。

——すごい、弱視だなんて言われないとわからない。

ジェラルドの字はとても読みやすく、まるで本の印字のようだった。

つい彼の手元を注視してしまい、視線に気づいたジェラルドが手を止め怪訝な顔を向けてくる。

「どこかおかしいか？」

「いえ、その逆です。とても綺麗な字なので見惚《みと》れてました」

素直な感想を口にすると、ジェラルドがフッと微笑む。

「しっかり字が書けるようになるまでに、とても時間がかかった。こうして紙に極限まで顔を近づければ見えるが、人前でそんな姿勢で書くわけにはいかないからな。何度も字を重ねて書いてしまったり、ひどい時は紙からはみ出してデスクに書いてしまったりしたな」

ジェラルドは笑い話のように語ったが、字を書くだけでも彼にしたら大変な努力を伴うもので、途中で投げ出さずに訓練を続けたことは称賛に値する。

陰の努力を皆にも知ってもらいたいと思ったけれど、視力のことを明かすわけにはいかない。ジェラルドは絶えず努力を続けているというのに、何も知らない周囲の人は出来て当たり前だと思っていることが、なんだか悔しかった。

「書類をここに積んでおきました。高さが低い方が至急目を通さないといけない書類です。次は何をすればいいですか？」

「もうすぐ報告書を書き終わる。その後に、悪いが至急の書類を読み上げてもらえるか？」

「はい、そのくらいなら出来ます」

「すまないな、とても助かる」

ジェラルドはアールに手伝ってもらう時、必ず謝罪する。

彼の役に立てる機会を与えられ喜んでいるのだから、あまり気にしないでほしい。

――僕にはこれくらいしか出来ないんだから。

アールはそんなことを考えながら、窓から差し込む陽光を背に、美しい姿勢でサラサラと紙にペンを走らせるジェラルドの姿を、思う存分堪能する。

ややしてからジェラルドがペンを置き、アールは書類の読み上げを行う。

何か作法があるのか、本などとは違い、堅苦しい言い回しで書いてある書類ばかりだったため、つっかえつっかえなんとか読んでいく。

読み上げが終わるとジェラルドは、意見を書く欄はどこにあるか、サインはどこにすればいいのかを一つ一つ尋ねてきて、間違いがないように書き込んでいった。

おそらく視力が人並みにあったならば、もっと早く書類の確認を終えられるはずだ。もしくはいつも補佐をしているアイザックが手伝っていたなら、ランチまでに終えられるよう的確にサポート出来ただろう。

ジェラルドが至急の確認が必要な書類を処理し終わった時には、午後二時を回っていた。

「遅くなったが、昼食にしよう。いつもサンドイッチとハーブティーを用意してもらっているが、それでかまわないか？」

「はい。十分です」

ジェラルドは一人分のランチを部下に頼むと、なぜか外出の準備を始める。

「どこかにお出かけですか？」

「ああ。今日は王宮で月に一度の報告会が開かれる。私は視察の報告をするために出かけてくるが、君は昼食を食べながら休憩していてくれ」

「僕も行きます」

ジェラルドが昼食も取らず仕事に出かけるというのなら、自分もついていく。アイザックが補佐をしていた時なら遠慮なく連れていったと思うから、彼ほどの仕事は出来なくとも自分も出来る限りのことをしたかった。

――ジェラルドがどれほど努力しているか知ったから……。

ジェラルドは、弱視であることを出来ない理由にしないために、人よりも多く仕事に時間を割くことで、司令官としての業務を滞りなくこなしているのだと知った。

そんなジェラルドを自分も支えたい。

アールはジェラルドの上着の裾を掴み、ピッタリと寄り添う。こうすれば置いていかれない。

単純にそう考えたが、この行動はジェラルドの笑いのツボを刺激したらしく、口元を覆い肩を震わせ声を押し殺して笑われた。

笑われて少し恥ずかしかったけれど、手を離したら置いていかれる。

そう思い、キュッと上着を握りしめジェラルドを見上げた。

「ついていきますから」

「わかったわかった、私の負けだ。アールには勝てないな」

肉食獣が草食動物に負けるわけがない。

ジェラルドが持つ牙で喉元に噛みつかれたら、それだけでアールは倒れてしまう。

何を言っているのだろう、と首を傾げると、ジェラルドは笑いすぎて涙が滲んだ目元を拭い、上着を掴むアールの手を握り込んできた。

「それなら、こちらの方が都合がいいだろう？　アールは私についてこられるし、私はアールに誘導してもらえる」

確かに、手を繋ぐのはとてもいい案だ。

アールは上機嫌で大きな手に指を絡め、ドアを開ける。

意気揚々と執務室を出たが、廊下でジェラルドの部下とすれ違うたびにギョッとした顔をされてしまった。

この状況を客観的に見れば、驚かれても仕方ない。

軍の最高位にある司令官が、プレイパートナーのＳｕｂを職場に連れて来て、さらに手を繋いで軍本部内を闊歩《かっぽ》しているのだから。

アールはジェラルドの風評を気にして、すぐに手を離そうとした。

けれどなぜかジェラルドの方が離してくれなくて、結局そのまま車に乗り、国王始め重臣たちが詰めている王宮にたどり着く。

——僕も中に入れてもらえるかな……？

ジェラルドは特にダイナミクス性を気にしていないが、一般的には東地区にある店舗街ですらＤｏｍ専用と言われており、先日訪れた時もＤｏｍ以外の者が堂々と一人で歩いている姿は目にしなかった。

ましてや肉食獣たちが国政について議論を交わす王宮に、Ｓｕｂを同伴してもいいのだろうか。

「ジェラルド、あの、今さらですけど、僕が一緒で大丈夫ですか？」

「決まりはなかったはずだ。今、君は私の補佐官代理を務めているのだから、胸を張っていろ。もし他の肉食獣に苦手意識を感じたら、私を見ればいい」

「はい、わかりました」

つき従う自分がオロオロしていたら、ジェラルドに迷惑がかかる。後ろめたいことなどないのだから、堂々としていればいい。

アールは心を強く持ち、しっかりと頷く。

車を降り、手を繋いだまま王宮の大きな扉をくぐり、国王と謁見するために大広間に向かう。大広間は三階にあるそうで、広く長い絨毯敷きの廊下を歩いていると、何人もの肉食獣とすれ違った。

相手の反応はまちまちで、アールを見て皆一度は目を剥き、次に嫌悪の視線を送る者がいる一方、親しみのこもった眼差しを向けてくる者も意外と多かった。中にはジェラルドに許しをもらいアールに笑顔で話しかけてくる肉食獣もいたり、時には「自慢したくて連れ歩いてるのか？」とジェラルドをからかいつつも、アールの存在を好意的に捉えてくれる肉食獣もいたりした。

大広間の前へ到着すると、国王に入室の許可をもらいドアをくぐる。

室内は想像していたよりも広く、正面奥の大きなイスに腰を下ろしたライオン族の国王へ、集まっている家臣たちが順番に報告をしていた。

ジェラルドはざっと広間を見渡し、二つ並んで空席になっているイスに腰を下ろす。

周辺の肉食獣たちがＳｕｂであるアールに気づき、ヒソヒソと噂話を始めたが、先に隣のイスに座っていたイタチ族クロアシイタチ種の五十歳前後の男性は、上着の内ポケットを探りキャンディーを取り出して差し出してくれた。ジェラルドに許可をもらってから、小声で礼を告げ受け取る。イタチ族の男性はニコニコ微笑み、視線を国王へと戻した。

ある肉食獣に冷たくされても、他の肉食獣が優しくしてくれる。

全ての肉食獣に冷遇されるだろうと決めつけていたので、予想に反し、好意的な反応をする人もいてホッとした。

――ジェラルドの言った通りだ。

Ｓｕｂのことを欲求のはけ口としか考えていない肉食獣もいれば、心を通わせＳｕｂを大切にしている肉食獣もいる。

アールは自分も肉食獣に対して偏見を持っていたことに、ようやく気づいた。

「では、他に報告がある者は？」

進行役を務めるコンドル族の家臣が広間に集まった者たちに向けて問うと、ジェラルドがスッと手を挙げた。

「その者、立ちなさい」

「軍司令官のローデマーです。これまでもお伝えしておりました、税の過剰徴収の件について、新たな被害が発生しましたので、ご報告をさせていただきます。……先日、視察に行った地域でも徴税と称し、住民に過酷な労働を強いていることが判明しました。関わった部下には厳罰を科し、被害にあった住民には軍の予算より補償を行う予定です。一連の首謀者を現在も探しておりますが、いまだに見つかっておりません。同様のことがこれ以上起こらないよう、部下の教育に力を注いでいきます」

ジェラルドの簡潔な報告に、豊かな黄金色の髪を揺らしながら国王が頭を左右に振った。

「また同じ事件が起こってしまったのか……。この件で一番被害を受けているのは国民だ。司令官、貴公は問題が起こるたびに部下の指導を徹底していくと言っているが、なぜ被害がなくならないのだ？　司令官として力不足と見なされても仕方ないのではないか？　それに、貴公が税の徴収を指示したという話も耳にした。物的証拠がないためあくまで噂の域を出ないが、疑いのある者をこのまま司令官の職に就かせておくわけにもいかないだろう。……ローデマー司令官、次に再び同じことが起きた時は、貴公にも処分を受けてもらう。司令官を辞する可能性があることを胸に留め、職務に励むように」

――ジェラルドが疑われてる!?

国王の厳しい言葉に、アールは息を飲む。

確かに報告だけを聞くと、司令官であるジェラルドの管理不行き届きを問われても仕方がないかもしれない。

しかし、住民に不当な労働を強いているのは軍人だとしても、彼らにそれを要請したのは各地の領主を務める貴族たちだ。もし領主が己の利益を追い求めず、不審な書簡が届いた時点でジェラルドに報告していたなら被害を防げただろう。

長年にわたり一向に被害がなくならないのは、領主である肉食獣が私腹を肥やすことばかりに熱心で、住民のことを考えていないからではないのか？

ジェラルドがこの件を誰よりも重く見ていることは、アールも視察に同行したから知っている。多忙な身でありながら現地に自ら足を運び、一刻も早い解決のために動いている。

だが、この報告会ではジェラルドのそうした行動は表には出ず、首謀者ではと疑いの声が上がっていることや、いまだに被害がなくならないことだけが問題視されてしまった。

国王も国民を思うからこそジェラルドに厳しい言葉をかけたと理解は出来るが、アールは悔しくて唇を噛みしめた。

そして当事者であるジェラルドは、自身の進退にまで関わってくる事態だというのに一言も弁解せず、司令官として首謀者を捕らえられないことに対して、潔く非を認めた。

「私の力不足で国民に被害が及んでいることは、申し訳なく思っています。申し開きのしようがありません」

「……民が安心して暮らせるよう、配慮を怠らぬように」

国王はそれ以上ジェラルドに言及すつもりはなかったようで、報告会はこれを最後に終了した。

アールはモヤモヤした気持ちのまま、ジェラルドと共に大広間を退室する。

ジェラルドに何か声をかけたかったが、軍人でもない自分が口を挟む問題ではないと思っていると、ジェラルドが口を開いた。

「アール、この後は報告書を提出しに行き、少し王宮でしなければならない仕事がある。悪いがもう少しつき合ってくれるか？」

「……はい」

アールは報告会で国王が発した言葉に納得しきれないでいたが、ジェラルドがいつもと変わらぬ声色で話しかけてきたことで、ささくれ立った心が徐々に落ち着いていく。

ジェラルドにかけられた疑いの声は気になるが、そこにとらわれて今するべき仕事をおろそかにするわけにはいかない。

ジェラルドの補佐を務めることに徹しよう。

気持ちを切り替えると、あることが閃き、ジェラルドに伝えてみる。

「あの、よかったら報告書を出してきましょうか？　僕で受けつけてもらえるのなら、ですけど」

「アールが？」

「はい。その方が時間の短縮になるかなと思って」

初めて来た王宮内を一人で歩き回るのは少し気が引けるが、きっとアイザックならそうする。

おずおずと手を差し出すと、ジェラルドは思案した後、持っていた報告書を渡してくれた。

「提出する場所は、この先の部屋だ。この列に並び、順番がきたら担当官に渡すだけでいい。私は下の階の東側にある司令官室にいる。ドアの上にプレートが出ているからすぐにわかるだろう。……任せても平気か？」

「はいっ」

アールは書類の束を胸にしっかり抱き、大きく頷く。

仕事を任せてもらえたことが嬉しい。ただ列に並んで提出するだけの簡単なものだったとしても、大事な仕事の一つには違いない。

さっそく向かい列に並ぶ人を確認すると、皆、雑食動物だった。先ほど広間に集まっていた肉食獣の部下なのだろう。これならＳｕｂの自分も紛れられそうだ。

アールは廊下にまではみ出す列の最後尾に並び、十数分後、ようやく提出が完了した。

――すぐに司令官室に行かなくちゃ。

あまり遅くなるとジェラルドが心配して探しに来てしまうかもしれない。二階への階段を足早に下り、東と西を横断するように延びる廊下にたどり着く。

ここは役人たちの執務室を集めたフロアらしく、廊下の両側には扉がズラリと並んでいる。ジェラルドが言っていたように、ドアの前には誰の部屋かわかるように役職名が書かれたプレートがかかっていた。

それを間違えないように一つ一つ確認しながら廊下を歩いていると、突然、目の前のドアが大きく開き、危うく激突してしまいそうになった。

「わっ」

アールが後ろへ飛びすさると、部屋の中から恰幅のいい男性が出て来た。

焦げ茶色の三角の耳に、太い尾、常に周囲の動向を窺っているかのような鋭い瞳を持つ、コヨーテ族の男性は、アールを見て大きな口の両端をニタリと持ち上げる。

――ザカリー長官……！

表向きの顔しか目にしていなかった時は、Ｓｕｂのために尽力している人格者だと思っていた。

しかし今は、裏でＳｕｂに凄惨な生活を強いていることを知っている。

ザカリーは不気味な笑みを浮かべながら、アールを舐めるように観察し、小声で話しかけてきた。

アールは耳を伏せ、全身で警戒を露わにする。

「ローデマー司令官のＳｕｂだな？　私を覚えているか？」

「……ザカリー長官ですよね、寄宿舎にいたことのあるＳｕｂであなたのことを知らない人はいないと思います」

「他に覚えていることは？」

「王都の東地区で会いました。それと、昔、故郷で寄宿舎への入学を勧める演説をしたのも、あなたでした」

「それだけか？」

なぜこんなことを執拗《しつよう》に聞いてくるのだろうか。これ以上聞かれてもザカリーについて覚えていることはなく、曖昧に首を振る。

ザカリーはその言葉に嘘がないか探ろうとしたのか、反応を窺うように見つめてきた。

「……本当に覚えていないようだな」

――覚えていない？　何を？

アールが困惑に眉をひそめると、ザカリーは周囲に人がいないことを確認し、脈絡もないことを耳打ちしてきた。

「私と取引しよう」

「取引？」

「悪い取引じゃない。ただし、断るとローデマーが窮地に立たされるということだけは、先に伝えておく」

「……ジェラルドに何をするつもりですか？」

アールの頭の中で警鐘が鳴る。それはキンキンと金物を叩くような不快な音で、化け物が忍び寄ってきているかのような、得体の知れぬ不気味さを感じた。

「下っ端の軍人たちが地方の住民を強制的に働かせているのはローデマーの指示によるものであり、奴がこの一件で利益を得ている首謀者だと国王へ進言する。証拠の密書と共にな」

「なっ……!?」

ジェラルドはそんな命令を下していない。

何者かが彼を陥れようとして、サインや封蠟を偽造した密書を各地の領主に出したのだ。

それらをザカリーに伝えようとして、はたと気づく。

――なぜその密書を長官が持っているの？

ザカリーはＳｕｂの寄宿舎の責任者を務めているだけで、領地を有してはいなかったはずだ。領主でもない彼がなぜ偽装された書簡を持っているのだろうか。

――領主でも軍関係者でもなく、偽造された密書を持っている者がいるとすれば、それは……。

アールは唾をゴクリと飲み込み、確信に迫る質問を口にする。

「あなたが偽造したんですか？　まるでジェラルドが書いたかのように見せかけて」

ザカリーは否定も肯定もせず、上着のポケットから一枚の封書を取り出し裏の封蠟を見せてくる。

そこには書類整理を手伝った時に目にした、ローデマー家の紋章がしっかりと押されていた。

「これはっ」

「おっと、これは大切な証拠品だ。お前が取引に応じない限り、渡すことは出来ない。と言っても、私の手元にある密書はこれだけではないがな。これを奪われても、いくらでも同じものを作れる。知っているか？　ローデマーは領主や地方に駐在している軍人たちの元に届いた密書や指示書を、全て回収している。証拠品がないからこれまでローデマーが裁かれることはなかったんだ。この密書を私が国王に渡したら、奴は即刻処分されるだろう。だが、お前が取引に応じ、私と共に来るのなら、全て破棄すると約束する」

ザカリーは素早く密書をポケットにしまい込み、青ざめるアールの耳元に唇を寄せてきた。

「私と来い。拒否すれば書簡を国王に渡す。ローデマーは反論するだろうが、首謀者を長らく捕まえられていない司令官と、Ｓｕｂのために力を尽くしているこの私、どちらを国王は信じるだろうな？」

――そんなことをされたら、ジェラルドが首謀者だって思われてしまう……！

唇を戦慄かせ、アールは息を飲む。

ザカリーについていけば何をされるかわからない。凶暴な肉食獣のおもちゃにされるか、またはもっとひどい道が待っているか……。

考えただけで恐ろしい。

――でも、僕の選択は一つしかない。

「……僕があなたについていけば、全て破棄してもらえるんですね？」

ザカリーは愉快そうに笑い、「約束する」と返してきた。

アールは目を閉じ、恐怖心を無理やり抑え込む。

「……わかりました。その取引に応じます」

アールの返答に、ザカリーはとても満足そうな顔で頷いた。

ザカリーと彼の護衛に挟まれ、アールはまるで死刑台に向かう罪人のような気持ちで王宮内の廊下を進んでいく。

「ザカリー長官、お帰りですか？」

前方からこちらへ向かって歩いてきた肉食獣が足を止め、ザカリーに気さくに声をかけた。

「ええ、急用が入り、すぐに戻らなくてはならなくなりまして」

ザカリーは表向きはＳｕｂの保護を行う善人として通っているため、王宮内で人とすれ違うたびに何かしら声をかけられていた。

　アールは誰とも口を利かないように約束させられ、もし破ったら取引は無効だと言われており、助けを求めたくとも出来ない状況だった。

「それは残念です。珍しい酒が入ったので、よろしければご一緒にいかがかと思っていましたので。……ところで、失礼ですが、そちらの方はどうなさったのですか？」

「実は、私の仕事を見学に来ていた甥《おい》が抑制剤をうっかり飲み忘れたようで、体調を崩してしまったんです。急用とはそのことでして……」

「ああ、なるほど。それで布で視界を遮り、刺激を与えないようにしているのですね」

　ザカリーは白々しく「そうなんです」と息をするように嘘をついた。

　二階から一階に移動する間に数人に声をかけられたが、ザカリーの嘘が上手い上に、Ｓｕｂを連れ歩いているとばれないよう頭から膝まで隠れる布を被らされているので、誰にもアールだとわかってもらえない。

　——誰か、気づいて……っ。

　このままザカリーに連れていかれてしまえば、彼の裏の顔を知りすぎてしまった自分は、口を封じられるだろう。無事にジェラルドの元へ帰れる可能性は限りなく低くなる。

　自分はどうなってもかまわない。

　ザカリーの企《たくら》みをジェラルドに伝えなくては……。

　ジェラルドがＳｕｂを連れて登城したことは多くの人の目に留まったため、ザカリーがアールを連れていれば必ず彼に話がいくだろう。

そうすれば、ジェラルドはザカリーを追い詰めることが出来、これから先、望まない人生を送らなくてはいけないＳｕｂが減るはずだ。不必要な労働を強いられる民もいなくなる。

ジェラルドのためにも、同胞のためにも、国民のためにも、なんとかして自分がザカリーに連れていかれそうになっていることを気づいてもらわないといけない。

けれど、現実はそう上手くはいかなかった。

――もうすぐ王宮から出てしまう。

王宮を出て車に乗せられたら、もう見つけてもらうことは不可能に近い。

「では長官、またの機会に」

そうしてまた一人、ザカリーの元を立ち去っていく。

なんとか手はないものかと考えていると、あることに気づいた。

――あれ、この人、さっきの……？

絨毯の上を歩く肉食獣にしては軽い足音。

すれ違う時に布の隙間からチラリと見えた、先だけ黒い特徴的なしっぽ。このしっぽを持つ肉食獣は、イタチ族のクロアシイタチ種だ。

アールは一か八かの勝負に出る。

「あっ！」

大きな声を出し、人々の注意を自分に引きながら床にうずくまる。

ザカリーは忌々しそうに舌打ちしたが、イタチ族の男性が引き返してきたのでわざとらしく心配しているふりをした。

「ザカリー長官、そちらの方は大丈夫ですか？　もし飲んでいる抑制剤が同じなら、私の予備の薬をお渡ししますが」

「いえいえ、大丈夫です。足がもつれて転んだだけなので」

「そうですか？　ならいいのですが……」

イタチ族の男性は、すぐ横でザカリーと会話している。

ザカリーの注意が自分から逸れた一瞬の隙に、アールは男性の手にキャンディーを握らせた。

男性はビクッと身体を揺らしたが、すぐに何を渡されたのか悟り、それを素早くポケットにしまう。

――どうか、ジェラルドに伝えて……っ。

心の中で祈りながら、アールはザカリーの護衛に引きずられるように連れていかれ、車に押し込まれた。

これからどこへ向かうのか何も聞かされていない。

アールは不安で身を強張らせながら、サブドロップに陥らないために別のことに意識を向ける。

――どうして長官は僕に取引を持ちかけてきたんだろう。

ジェラルドにザカリーが裏でしている数々の悪事を追うことをやめさせたいのなら、取引などせずに偽造した密書を国王に見せればいいはずだ。

アールから、ジェラルドがどこまで悪事の情報を得ているか聞き出すつもりなのだろうか？

だが、それならアールではなく、怪我で療養中のアイザックを狙うだろう。アイザックはジェラルドの右腕で、常に行動を共にしていたのだから。

いくら考えても自分をさらう必要はないように思う。

強いて言えば、ジェラルドのＳｕｂだからという理由が挙げられるが、王宮を出る時にアールが目撃されたらザカリーの方が糾弾される危険を孕んでいる。

そんな危ない橋を、巧妙な作戦を練るこの男が渡ろうとするだろうか……？

様々な可能性を推測していると、車はそう時間をかけずに停車した。

車窓から顔を出すのも禁じられ、イスに腰かけるザカリーと護衛の足元に膝を抱えて座らされていたので、どこに連れてこられたのか外に出るまでわからない。

けれど、王宮を出てからあまり移動しなかったことを考えると、北地区内にあるザカリーの所有する屋敷に連れてこられた可能性が高い。

護衛に腕を掴まれて乱暴に降ろされ、頭から布を被ったままの状態で歩かされる。

逃げるなら今が最後のチャンスだが、自分が逃げればジェラルドは罠《わな》にはめられ罪をなすりつけられ、ザカリーの悪事を追及することが難しくなる。

そう思ったら逃げ出すことなど出来ず、アールは一切抵抗することなく建物の中へと連れていかれた。

そこでようやく頭の布を取り払われる。

ここは地下室だろうか。窓は一つもなく、壁の上部にある燭台《しょくだい》の蠟燭《ろうそく》に火が灯され、見える範囲にはイスに腰かけグラスに口をつけるザカリーと、彼と共に王宮からアールを連れてきたＮｅｕｔｒａｌの護衛の男しかいない。

　広さは寄宿舎の教室三つ分くらいで、家具といえばザカリーが座るイスと酒のボトルが置かれた丸テーブルしかなく、室内がよりいっそう広く感じられた。

　出入り口は一カ所しかなく、閉じられた扉の向こう側には複数人の気配があり、ザカリーと護衛の隙をついて逃げ出そうとしても、扉の外に出ることは難しいだろう。

　――閉じ込められた。

　額から一筋の汗が流れる。

　緊張で身体を固くするアールとは対照的に、ザカリーは上機嫌でグラスを傾けた。

「私のことを思い出す前に、お前をローデマーから引き離せてよかった」

　独り言を聞きとがめ、アールは疑問をぶつける。

「どうして僕を連れて来たんですか？」

「お前が私のことを思い出す可能性があるからだ。あの時のことを話されると、都合が悪い」

　――いったいなんの話？

　アールが訝しんでいると、ザカリーは上半身を前のめりにし、「もう教えてやってもいいか」とニタリと笑う。

　そうして聞かされたのは、十年前の話。

　七歳のアールが寄宿舎へ向かう途中で巻き込まれた、襲撃事件のことだった。

「肉食獣に車を止められ、襲いかかられたことは覚えているか？　その時にお前は耳に傷がつき、売り物にならなくなったんだ」

思い出すだけでも全身が震え出しそうになるほどの体験で、アールは当時のことを意識して忘れようとしていた。

しかし、ザカリーの言葉で頭の中にかかった靄《もや》が少しずつ晴れていき、忌まわしい記憶が呼び起こされる。

あの晩、車が急停車して大柄な肉食獣が乗り込んできた。

車内にはアールと同じ年頃のＳｕｂの子供たちが他に三人乗っていた。

肉食獣はわけがわからず怯える子供たちを見下ろし、ギラリと瞳を光らせると、おもむろにドア付近に座っていた子を引きずり下ろし、そのまま別の車に押し込んだのだ。

異様な雰囲気を察した子供たちは、肉食獣がこちらへ戻ってくる前に車から飛び降りたが、外にはもう三人、肉食獣が待ち構えていた。

肉食獣たちはしばらく逃げまどう子供たちを執拗に脅かし、からかい、怯える様を面白がっていた。

だが、やがてそれに飽きたのか肉食獣が子供たちの追跡を始めると、あちこちで悲鳴が上がり、一人、また一人と捕まっていった。アールに向かってきた男も後ろにぴったりと張りつくようにして追ってきて、時折愉快そうな笑い声を上げていた。

まるでおいかけっこでもして楽しんでいるような笑い声に、アールはいっそう恐怖心をあおられた。

そうしてついに体力が尽き、足がもつれて転んでしまったアールの脇の下に手を差し込み、肉食獣はニタニタ笑いながらそのまま抱え上げた。

恐ろしくて泣きながら大暴れして抵抗し、その時に手が肉食獣に当たってしまったらしい。顔色を変えた肉食獣に怒りのまま耳に噛みつかれてしまった。

ショックで気を失いかけたアールは、薄れゆく意識の中、こちらへやってくる壮年の肉食獣を目にした。三角の耳を持ち、焦げ茶色の髪をしたその肉食獣は、アールに噛みついた男に対し、ひどく激昂していた。しかしそれは子供に手をかけたからではなく、アールを傷物にしたことへの怒りだったようで、しきりに「売り物にならなくなる」と口にしていたのだ。

「……そうだ、あなたはあの場にいた」

ザカリーは「思い出したか」と言い、立ち上がってアールの右耳を掴んできた。

「まったく、あいつらときたら、余興でＳｕｂの子供で遊ばせてやったというのに怪我をさせるなんて。ただでさえウサギ族は人気がないのに、このような傷がついてしまったら買い手がつきづらくなる。とんだ災難だった」

――災難？　それは僕の方だ。

なぜか被害者ぶっているけれど、今の言葉であの襲撃もザカリーが仕組んだことだと判明した。

「Ｓｕｂの子供たちをさらって、売り払おうとしていたんですか？」

「その通りだ。ひとまとめに肉食獣と言っても、その性質は様々だ。中には子供を欲しがるＤｏｍもいる。地方に演説に行った時にさらうと足がつく可能性があるから、時々、事故を装い寄宿舎行きの車を襲わせＳｕｂの子を拉致し、裏でＤｏｍに売っている。我ながら少々周りの目を気にしすぎて、寄宿舎では十五歳以上のＳｕｂしかパートナーに出来ないように定めてしまったからな。一番高く売れる子供を堂々と売ることが出来なくなってしまった」

ザカリーはやれやれとため息をつくが、彼の主張には全く共感出来ない。

――Ｓｕｂの子供たちをさらうために、寄宿舎へ連れていくってだましたの？

世間では地方のＳｕｂも救済しようと自ら足を運ぶ人格者として扱われているのに、それはただ幼い子供を手に入れるための偽りの姿だったのか。

――なんて人だ……っ。

アールはたまたま巡回していた軍人たちに救出されたけれど、裏で売買されてしまった子供たちもいるだろう。

アールはザカリーが悪魔のように思え、怖くて仕方なかった。

「まさかローデマーがお前を気に入るとはな。私の周りを嗅ぎまわっているローデマーに不信感を持たれるわけにいかなくて、お前を引き渡すしかなかった。せっかく誰にも引き取られないよう裏で手を回し、十八歳になったらすぐにＤｏｍに売り飛ばして口を封じてしまおうと思っていたのに……。おそらく奴は、お前が十年前の襲撃事件の唯一の生き残りだと知り、何か情報を聞き出そうと引き取ったのだろう。まったく、どこまでも私の計画を邪魔する男だ」

その言葉に目を見開く。

――そうだったのか……。

だから面談の時にジェラルドは、アールの右耳に傷があることを確認し、名前も知っていたのか。

――ジェラルドはザカリー長官を捕まえるために、僕を引き取った……。

ようやく本当の答えにたどり着き、アールはうっすら微笑を浮かべる。

――同情じゃなかった。僕でなければいけなかったんだ。

それは、ジェラルドに必要とされたいと願っているアールにとって、喜ばしいことだった。

十八歳を目前に控えたＳｕｂなら誰でもよかったわけではない。ザカリーに繋がる情報を持っているかもしれないアールだから、パートナーとして引き取ってもらえた。

自分自身を気に入ってくれたわけでなくとも、ジェラルドがアールではないと駄目だと思いパートナーにしてくれたことこそが重要だった。

アールは瞳を閉じ、決意を新たにする。

――必ずこのことをジェラルドに伝える。

コマンドを使って口止めされても、サブドロップに陥るよう仕向けられても、遠く離れた地に連れていかれようと、最悪、命の危険にさらされようとも、何かしらの手段でジェラルドにザカリーの悪事を伝えないといけない。

「さて、これからお前がどうなるか一応教えてやろう。私はとても優しい男だからな」

ザカリーはそう言うと、グラスの中の酒を一口含み喉を潤してから口を開く。

「お前はウサギ族が好きなＤｏｍへ売却することが決まっている。だがその前に、余計なことを言わないいい子にしないといけない。……グレアを使われたことは？」

――グレア……！

アールはサッと顔色を変える。

Ｓｕｂにとって望まぬ相手から放たれるグレアは、サブドロップを引き起こすほどの恐怖を与える代物だ。

アールはこれまでＤｏｍのグレアを受けたことはなく、だから実際にどれほど影響力があるものか体感したことはないが、寄宿舎時代に教師からグレアについては何度も教えられた。

もしＤｏｍの意に添わぬ行動をすれば、怒りのグレアを向けられＳｕｂの心は壊れてしまう。だからＤｏｍには従順に従うようにと忠告されたのだ。

そのことを思い出し、アールは目に見えて動揺した。

「怖いか？　大丈夫だ、抵抗しなければ何も怖いことはない」

「や、やだっ」

ザカリーと目を合わせまいと顔を背ける。

けれどすぐさま「『Ｌｏｏｋ（見ろ）』」と命じられ、心は抗っているのに身体がコントロール出来なくて、ザカリーを凝視してしまう。

「『Ｇｏｏｄ ｂｏｙ（いい子だ）』」

ザカリーはコマンドに従ったことを褒めてきたが、ジェラルドの時とは違い、嫌悪感しか覚えない。

――気持ち悪い……。

信頼関係も何もない、むしろ敵視している相手に同意なくコマンドで従わされ、心がグラグラ揺れ始める。

街中でトラ族の男にコマンドで命じられた時のように、またサブドロップを起こしてしまいそうだ。深淵《しんえん》に沈んでいきそうになる心を引き戻すため、唇を噛み痛みで正気を保とうとした。

「っ……」

力加減が出来ず血が滲むほど噛みしめてしまったが、おかげで意識がはっきりしてくる。

――コマンドは効かない。僕のパートナーはジェラルドだから。

心から信頼する人の命令でない限り、自分は従わない。

心の中で強く思い、血が滴る唇を舌で舐める。

「チッ、これ以上傷がついたら値が下がる。お前も苦しいだけだ。素直に従えばいい」

ザカリーはそう告げ、瞳を見開きそこに全ての力を集約する。

キンと耳鳴りのような音がしたと思った直後、ザカリーの瞳から目を逸らせなくなった。

「余計なことをしゃべらないよう、一生口をきけなくしよう。『S……』」

ザカリーがコマンドを口にしかけた時だった。

突然、地下室の外が騒がしくなり、ドアが大きく開け放たれる。

「アール！」

聞き慣れた声音に、耳がピリリと痺れた。

「……ジェラルド……」

ドアに背を向けていたから声の主の姿は見えなかったが、振り返らなくともジェラルドが駆けつけてくれたことがわかった。

ジェラルドの登場にはザカリーも驚いたようで、舌打ちしてグレアをおさめると、イスから立ち上がって護衛の背後に回った。

グレアから解放され膝から崩れ落ちるアールの身体を、声を頼りに駆けつけたジェラルドが背後からしっかり抱き留めてくれる。

「アール、無事かっ」

「ジェラルド……、僕、全部思い出しました。昔、長官は幼い僕をさらおうとしたんです……。さらった後、秘密裏にＤｏｍに売ろうとしていたと、さっき長官の口から聞きました」

「わかった、今はとにかくここを出よう」

ジェラルドはアールがひどく憔悴していることを悟り、安全な場所へ避難することを優先した。

だが、アールは頭を振り、「駄目です」とはっきりとした口調で告げる。

「今すぐ長官を捕まえないと……。彼は偽造した密書を持ってるんです。僕がここから出てしまうと、ジェラルドが……っ」

ジェラルドは瞳を大きく瞠り、そして苦渋に満ちた顔になる。

「だから、長官についていったのか。私のために」

ジェラルドは苦しそうな声で呟き、アールを抱きかかえて立ち上がる。

そのまま足早にドアへと向かうが、屋敷の警備兵が室内になだれ込んできて行く手を阻んだ。

「ローデマー司令官、その子は私のものになることを選びました。もう私の可愛いＳｕｂです。屋敷に許可なく踏み入った上に、私のパートナーを連れ去ろうとするだなんて、許される行為ではありませんよ？」

「よくもそんなことが言えるな。アールは私のパートナーだ。連れ戻しに来て何が悪い？」

「人聞きの悪い。彼は自ら私について来たんですよ」

「アールを脅して連れて来たんだろう？　貴様の考えそうなことは手に取るようにわかる。貴様の悪事を追っていた私を失脚させるために企んだのだろう？」

　どこまでも卑怯な男だ、とジェラルドはザカリーを詰《なじ》る。

　ジェラルドは全てを知り、アールという証人もいる。

　不利な状況に置かれているというのに、ザカリーはなぜか微塵も動じなかった。

「その通りだ。お前たちが外へ出たら、私はたちまち処分されるだろう。だが、そうはならない」

　ザカリーは不気味な笑みを浮かべたまま言った。

「お前が生きてここから出ることはないからだ。お前のＳｕｂも、グレアで言葉を話せないようにし、売り飛ばす。これでまた、私は安心して商売が出来る。……周りを見てみろ」

　ザカリーが目で合図を送ると、警備兵がアールとジェラルドを取り囲む。

　警備兵は全員Ｎｅｕｔｒａｌだが、身体が大きな種族を集めたようで、武装し手には剣を握っていた。

「何人かは倒されたようだが、さすがの司令官もこの人数でいっせいに襲いかかられたら降参する他ないだろう？」

　退路を完全に断たれてしまった。

「ど、どうしよう……」

ジェラルドはアールを安心させるためか、肩を抱く手に力を込める。

「大丈夫だ、アールのことは必ず私が守る。そのためにも、周囲の状況を教えてくれ」

そう言うジェラルドの声は、まるで食後のティータイムに雑談している時のように穏やかだった。

――ジェラルドがそう言うのなら、大丈夫。

こんな時にサブドロップを起こしてしまったらジェラルドの足を引っ張ることになってしまう。

アールは深呼吸して気持ちを落ち着かせた。

「……右手に出入り口のドア、左手に長官と護衛のNeutralの男がいます。僕たちの周りにいる警備兵は大柄なNeutralで、人数は八人。円を描くように取り囲まれています」

「出入り口までの距離は？」

「だいたい十メートル弱です。部屋の外には人影は見えません」

簡潔に最大限の情報を伝え終わると、ジェラルドが誰にも聞こえぬ声量で耳元で囁いた。

「私が長官に向かって走り出したら、アールは出口まで走れ。絶対に後ろを振り返るな」

「僕だけ逃げろって言うんですか？　絶対に嫌です」

自分が逃げた後、ジェラルドはどうなるのだ？

警備兵たちに痛めつけられ、捕らえられるのではないか？

ジェラルドも軍人だから剣術の心得はあるだろう。

けれど、初めて訪れた場所で、それも太陽の光さえ差さない薄暗さでは、弱視のジェラルドにはほぼ何も見えていないはずだ。

ザカリーの護衛も入れて、武器を持った相手は九人。一対九と人数の差もあるのだから、ジェラルドが勝てる確率は低い。

——でも、僕がいればジェラルドに相手の動きを教えられる。

彼に向かって来る警備兵たちの動きを伝えれば、勝ち筋も見えてくるかもしれない。

万が一、二人とも捕らえられてしまったとしても、自分一人で助かるよりもずっとましだ。

危険が伴うとしても、ジェラルドと一緒にいる道を選ぶ。

アールはジェラルドに繰り返し説得されても決して頷かず、残ると言い張った。

二人で小声で話していると、ザカリーが「別れの挨拶はもう終わりにしろ」と言ってきた。

「どうせ最後に二人とも行きつく先は同じだ」

ジェラルドとアールを襲うよう命じるため、ザカリーが右手をゆっくり持ち上げる。

「ジェラルド、長官が警備兵に指示を……」

「アール、私を見ろ。『Ｌｏｏｋ（見ろ）』」

「っ!?」

——なぜこんな時にコマンドを!?

そう思った時にはすでにジェラルドを見上げていた。

暗がりなのに、彼の金色の瞳はいつもより輝いて見える。

そう思った直後、心臓を鷲《わし》掴みされたような衝撃が走った。

——これって、グレア?

ジェラルドは視力の関係で満足にグレアが使えないと言っていた。使えはするけれど、他のＤｏｍより力が弱いと……。

だが、そんなことはなかった。

意識の全てを奪われ、今すぐ彼の足元に跪《ひざまず》きたい衝動に駆られるほどの威圧感を前に、アールは瞬きすら忘れ彼に強烈に惹かれていく。

「『Ｇｏ《ゴー》（行け）』！」

ジェラルドはグレアを使った状態でコマンドを発する。

抗いがたい力に突き動かされ、踵を返そうとした。

その時、視界の端でザカリーが右手を下げ、警備兵たちがいっせいに動き出すのが見えた。

アールはＤｏｍに従おうとする本能を理性で抑え込み、ジェラルドの腕を摑む。

「伏せてっ」

アールが叫んだ直後、ジェラルドに何本もの剣が向かってきた。

ジェラルドはアールを抱き寄せ身をかがめ、そのまま跳躍する。

けれど、見えていないからどの方向へ飛べばいいかわからなかったのだろう。飛んだ先にいた二人の警備兵にぶつかり、ジェラルドも体勢を崩して床に転がった。

「アール、平気か？」

「は、はい」

ジェラルドは素早く立ち上がると、足元をふらつかせるアールを自身の背後に押しやり、自らも剣を抜く。

「私が奴らを引きつけている間に逃げろ」

「出来ませんっ。ジェラルドを残して行くだなんて……っ」

コマンドに反する言葉を口にするだけで、心がグラグラ揺れた。強い頭痛やめまいも起きていたが、そんなものにかまわずアールはコマンドに逆らい続ける。

「僕もここにいます。僕はあなたのＳｕｂなんですから」

「駄目だ。早く……」

隣に進み出たアールをジェラルドが押し留める。

その時、アールの身体に起きている異変に気づいたようだ。

「アール……」

眉根を寄せたジェラルドの瞳が、痛々しく細められる。

このままコマンドに従わなければ、確実にサブドロップに陥るだろう。

ましてや今回はグレアを放たれた状態でのコマンドだから、このまま抵抗を続ければ、心身に重大な影響をきたす。

自身の身に起きている変調がそれを何よりも物語っていたが、アールはジェラルドの軍服を握りしめ、確固たる意志を込めて口にした。

「僕がこの世で一番怖いのは、あなたを失うことです。ジェラルドと離れて生きていくことなんて出来ません」

ジェラルドは数秒逡巡し、覚悟を決めたようだ。

上着を握りしめるアールの手をやんわり解き、慈しみのこもった眼差しで見つめてきた。

「私も同じだ。君がいないと生きていけない。だから何があっても守る。そのために力を貸してくれ」

「はい！」

バランスを崩した心が、彼の言葉でわずかに回復する。

本音を言うと、先ほどからずっと足が震え、立っていることも困難な状態だ。極寒の地にいるかのように身体が芯から冷え、顔色がひどく悪いだろうことが自分でもわかる。

コマンドに従えない自分はなんて駄目な人間なのかと気持ちが沈んでいき、こんな出来損ないの自分は消えた方がいいとさえ思ってしまう。その耐えがたいほどの苦痛に、大声で叫び出したい衝動に駆られていた。

このまま放置すれば心が壊れてしまうかもしれない。だが、すぐにでもケアを必要としている状態だと自覚していても、この緊迫した状況下では叶わない。

――しっかりするんだ。

自分はジェラルドの目にならなければいけないのだから。

ジェラルドを助ける、そのことだけを考えるようにし、それを心の支えにして不安に飲み込まれそうな自身を奮い立たせた。

深呼吸を一つし、周囲に視線を走らせる。

ザカリーの護衛はその場を動いていないが、六人の警備兵が臨戦態勢で剣を構え、ジリジリと距離を縮めてきている。

その時、先ほどジェラルドが体当たりして倒した二人の警備兵がムクリと起き上がり、頭上に大きく剣を振りかぶった。

――しまった、気を失っていなかったのかっ。

「ジェラルド……っ」

アールが叫んだ瞬間、弾かれたようにジェラルドが振り返り、男の腹部に蹴りを入れて二人まとめてなぎ倒した。

それを皮切りに、警備兵たちが咆哮《ほうこう》を上げながらジェラルドに襲いかかってくる。

「前方から三人、右に二人、左に一人。十歩後ろに壁がありますっ」

「アール、壁まで下がれっ」

ジェラルドに指示され、アールは急いで壁へ向かい、彼はその前に立ち塞がるようにして剣を構える。

「正面から来ますっ」

アールが告げると同時に、男が剣を振り下ろす。

ジェラルドはそれをしっかり剣で受け止め、そのまま力で押し返した。

次は左から男が飛び込んできたが、アールは優れた聴力で床を蹴る足音を素早く察知し、いち早くジェラルドに伝える。

アールは目と耳、身体に伝わる振動から、男たちの動きを読みジェラルドに伝え、彼もそれを瞬時

に脳内で処理し、的確に男たちを倒していった。

ジェラルドが四人目の警備兵を床に沈めたところで、ふと気づく。

——誰も斬ってない。

倒れた男たちは気を失って伸びているだけで、致命傷は受けていなかった。

圧倒的に不利な状況にあっても、命令に従っているだけの雑食動物たちを最小限の攻撃だけでいなしている。甘いと言う人もいるだろうが、アールはジェラルドらしいと感じた。

気がつけばザカリーの護衛の男を除き、八人いた警備兵は半分になっている。たった一人でハンデを抱えた身で、ここまでの戦いが出来るのは、これまでのジェラルドの努力の賜物《たまもの》だ。

勝機が見えてきたことで、状況を伝えるアールの声に力がこもる。

「三歩右から一人、その直後に正面から攻撃が来ますっ」

ジェラルドは流れるような動作で右の男の剣を受け止め、左足で正面の男に蹴りを入れる。

——残り三人……！

ところが、勝利に着実に近づいていることで、わずかな油断が生まれてしまった。

ジェラルドに向かってくる三人の警備兵にしか注意を向けておらず、ザカリーの隣にいた護衛の動きに目がいっていなかったのだ。

「次、同時に左右から……、っ!?」

地下室の奥から放たれた短剣は風を切り裂き、アールの横を通り抜けてレンガの壁に当たって落ちた。

「え……？」

床に落ちた短剣に視線を向けた時、警備兵の勝利の雄《お》叫《たけ》びが地下室に響き渡った。

ジェラルドの姿を探すと、警備兵にうつぶせの格好で押さえつけられていた。

「ジェラルドっ」

――僕が、ちゃんと伝えなかったから……！

短剣に驚き、ジェラルドから目を離してしまった。時間にしてたった五秒くらいだったけれど、そのわずかな間、ジェラルドは何もわからない状態で戦わなくてはならなくなってしまったのだ。

――どうして目を逸らしたんだっ。

彼の目になると決めたのだから、たとえ短剣が刺さろうと、この両目が潰れない限り彼に伝えなくてはいけなかったのに。

「僕のせいで、ジェラルドが……」

脱力したアールを警備兵の一人が押さえ込む。

アールは抵抗もせず、ブツブツ独り言を繰り返す。自分の一瞬の油断でジェラルドを危機にさらしてしまった事実に心が持たず、もう正気を保っていられなかった。

ゆっくりと世界が暗転していく。

このままでは本格的にサブドロップに陥ってしまうと悟ったが、もう抗う気力は残っていなかった。

「だから言っただろう？　抵抗しても無駄だと。お前はこうなる運命だったんだ。無念だろう、あと一歩のところで私に敵わなかったのだからな」

乱闘が終わった室内にザカリーの勝ち誇った声が反響し、アールはもう何も聞きたくなくて耳を後ろに寝かせる。

「勝ったつもりでいるのか？　まだ終わっていない」

しかし、ジェラルドの凜《りん》とした声が、心を閉ざしかけていたアールの耳に届いた。

ノロノロと視線を持ち上げ、声の主を見つめる。

床に這いつくばらされても、ジェラルドはまだ希望を捨てていない。

彼の声はまだ力を失っていなかった。

「ジェラルド……」

暗くよどんだ世界に身体が飲み込まれそうなところを、ジェラルドが繋ぎとめてくれた。真っ暗闇の世界に差し込んだ一筋の光が、アールの心を闇の世界から引き戻してくれる。

――ジェラルドの言う通りだ。

まだ負けたわけではない。

ジェラルドが諦めない限り、状況をひっくり返せる可能性はある。

「さすが軍人、最後まで負けを認めないか」

ザカリーは自身の勝利を確信し、上機嫌で酒の入ったグラスを傾けている。

するとジェラルドが身体を震わせ、小さく笑い出した。

「何がおかしい？」

「いや、呑気なものだと思っただけだ。私から忠告してやろう。まだ勝負は決まっていない。気を抜くと足元をすくわれるぞ」

「はっ、負け惜しみを……」

その時、開け放たれたままだった扉から、突然風が吹きつけてきた。

窓のない地下室になぜ、と目を眇めると、羽音と共に数回風が吹いた直後、蠟燭の火が消え、それと共に扉が閉まる音が聞こえて室内は真っ暗になった。

「な、なんだ!?」

ザカリーの戸惑う声に被せるように、男たちのくぐもった叫びが聞こえてきた。

アールは目を閉じ、耳に全神経を集中する。

――動いている足音は三人分。そのうちの一人はジェラルドで、三人いた警備兵が二人に減っている。

暗闇で何も見えない中、ジェラルドは警備兵を床に沈めたのだ。

――そうか、ジェラルドは明かりがなくても動けるんだ。

通常、人は暗闇では思うように動けない。

しかし、ジェラルドはそれと同等の条件下で視力に頼らず動けるよう訓練を積んできた。

暗闇の中では相手の視力も機能しなくなり、ジェラルドに有利な状況だ。

「アール、どこだっ？」

足音がジェラルドのもののみになった時、名を呼ばれた。

「ここです！」

ジェラルドが声をたどり居場所を特定し、アールを拘束していた男を易々《やすやす》と倒す。

「アール、怪我はないか？」

「ジェラルド、さっきはごめんなさい。僕、ちゃんと伝えられなくて、ごめんなさいっ」

手を伸ばし、ジェラルドにしがみつく。

自分のせいでジェラルドを危険にさらしてしまった。そのことを何度も何度も謝ると、ジェラルドが優しく頭を撫でてくれ、ギュウッと抱きしめてくれた。

「いいんだ。ありがとう、アール。君のおかげで助かった。ただ、もう少しだけ待っていてくれ」

ジェラルドはそう言い置き、ドアに向かって声をかける。

「終わったぞ。明かりを」

差し込む光を完全に遮断するため外から閉じられていたドアが開き、ランプを手にしたアイザックが入ってくる。

突然の登場に、アールは目の錯覚かと瞬きを繰り返す。

「この人数を相手にさすがだな」

「君の手助けがあったからだ。足は大丈夫か？　療養中に悪かったな」

「まったくだ。出てくる時にジゼルにめちゃくちゃ怒られたんだぞ？　後でお前からも説明してくれよ。あ、だが俺が一緒に敵陣に乗り込んだっていうのは内緒でな。ジゼルが心配する」

アイザックはまだ足の骨折が治りきっていないため、杖《つえ》をついて足を引きずりながら歩いている。

ジェラルドは彼に手を貸し、部屋の奥で震えているザカリーの元へ向かった。

「ひっ、や、やめろ、来るなっ」

唯一残った護衛を盾にして、ザカリーはガタガタと震えていた。

護衛もジェラルドの力を目《ま》の当たりにし戦意を喪失したようで、ただ棒立ちになっているだけだった。

「ザカリー長官、あなたを拘束します。書簡を偽造し私の名で不当な徴税の指示を出した他、長年に渡るＳｕｂの人身売買など、数々の非人道的な行いについて、裁きを受けてもらいます」

「な、何かの間違いだっ。私は知らない、知らない！」

「長官、見苦しいですよ。あなたは以前、私に証拠を提示するよう言ってきたことを覚えていますか？　生憎この場に証拠はありませんが、証人はいます。それは、あなたの目の前にいるこの私です」

「わあぁっ！」

ザカリーは気がふれたように泣き叫びその場に頽《くずお》れる。その後、アイザックの合図で駆けつけた軍人に拘束された。

あまりにも鮮やかな逆転劇に、喜びよりも驚きの方が勝ってしまう。

「アール、行こう。後のことは部下に指示を出してある」

「え、でも、ジェラルドはたくさんやることがあるんじゃ……」

「そんな青い顔をした君を放って仕事に行けるわけがない。……勝手にグレアを使い、苦しめてすまない。私にケアをさせてほしい」

ジェラルドに指摘されて、自分がとっくに限界を迎えていたことを思い出し、息苦しさから胸を押さえて浅い呼吸を繰り返す。

　気持ち悪いし、頭も割れるように痛いし、胸も締めつけられたように苦しい。全身にびっしょり汗をかき、体温はどんどん下がり指先が氷のように冷たかった。

「アール、本当にすまない。だが、君のおかげで不当な労働を強いられる国民はいなくなる。多くのＳｕｂも救われる。君が逃げずに支えてくれたからだ。私自身も君に助けられた。アール、私の傍にいてくれてありがとう」

　ジェラルドは言葉を惜しまず、アールを褒めたたえてくれる。

　ギリギリのところで踏ん張っていたことを、ジェラルドはわかってくれていた。

　彼に頑張りを認めてもらえたことで、心は少しずつ落ち着きを取り戻していったが、この程度では完全に回復しきれない。

　言葉だけでは満足出来ず、離れたくないとばかりに彼の首にしがみつく。

「ごめんなさい、僕、僕……」

　彼を仕事に送り出さないといけないと頭ではきちんとわかっているのに、ジェラルドを離したくないという本能に、身体が突き動かされる。仕事に支障をきたしてしまうことが申し訳なくて、アールは涙声で謝罪する。

「ごめんなさ……っ」

「もう、謝るな」

　ジェラルドは喉の奥で唸るような声を出し、アールの顔を上向かせ、キスで口を塞いだ。

瞳からまたポロリと涙が流れる。

これは苦痛からの涙ではない。ジェラルドとキス出来たことが嬉しくて流れた涙だ。

唇が離れていくと、今度は自分からもう一度キスした。

まるで、そうしないと心が壊れてしまうとでもいうように、彼を求めてしまう。

――僕はずるい。

Ｓｕｂであることを利用して、ジェラルドにキスしてもらっている。

こんなやり方はよくない。

でも、恋心と本能がごっちゃになって、心の中を埋め尽くしている想いがこぼれた。

「ジェラルド、好き。離さないで」

キスの合間に無意識で出た告白に、ジェラルドがフワリと微笑み、額を合わせて囁いた。

「ああ、私も好きだ」

それはきっと、ジェラルドの優しさからの言葉だろう。サブドロップから救い出すために言ってくれただけ。

それでも初めて「好き」と返してもらい、アールはプレイで得る快感や充足感よりも強い、幸福を感じ、身も心も満たされた。

ジェラルドはアールを抱えアイザックが手配した車に乗り、ローデマー家の屋敷へと急いだ。

アールはジェラルドの膝の上で幼い子供のように丸くなり、胸元に顔を埋めて彼の心臓の鼓動を聞き心を落ち着かせる。

十数分後、車は屋敷へ到着し、ジェラルドは出迎えた使用人に言葉も返さずアールを寝室まで連れていった。

いつぞやのようにベッドへ降ろされ、上から見下ろすジェラルドを早く感じたくて、彼に向かって導かれるように両腕を伸ばす。

けれどジェラルドはベッドを降り、こう言ってきた。

「プレイを始める前に、セーフワードを確認しておこう。もし私がアールの意に添わぬ命令をした時は、『Ｎｏ』と言ってくれ。もう君を傷つけたくない」

ジェラルドは前回のプレイの時、キスの最中にアールを傷つけてしまったことをいまだに後悔しているようだ。

セーフワードなど必要ないと思ったが、それで彼が安心するのならと了承する。

それを確かめ、ジェラルドはなぜかベッドから離れてソファに腰を下ろした。

アールもそちらへ行こうとベッドから片足を下ろすと、「『Ｓｔｏｐ（止まれ）』」と制止されてしまう。

傍へ行けないのは寂しいけれど、ジェラルドのコマンドは心地いい。もっともっと命令してもらいたい。

ベッドの上にペタンと座り、期待を込めてジェラルドを見つめる。

「今日はご褒美をやろう。『Ｒｏｌｌ（寝転がれ）』」

アールの耳がピクリと戦慄く。

同じコマンドを以前、トラ族の男に使われたことを思い出してしまい身体が震えそうになったが、すぐにジェラルドが「『Ｌｏｏｋ（見ろ）』」と命じてくれたおかげで、今自分を支配しているのは最愛のパートナーであることを思い出す。

――ジェラルドなら、大丈夫。

彼はひどいことをしない。

それにＳｕｂの本能が、ジェラルドに服従を示したいと強烈に訴えてきていた。

アールはベッドに仰向けに寝転び、腹部をさらす。

ジェラルドは満足そうに目を細め、「『Ｇｏｏｄ ｂｏｙ』（いい子だ）』」と褒めてくれた。

脳が溶けるような快感を覚え、トロンと潤んだ瞳で次のコマンドを待つ。

支配者となった彼は長い足を悠々と組み、頬杖をついてこちらを眺めながら口を開いた。

「『Ｓｔｒｉｐ《ストリップ》（脱げ）』、全部だ」

「あ……」

アールは初めてのコマンドに戸惑いながらも、ベッドに膝立ちになり、小刻みに震える指で上着のボタンを外して肩から落とす。次にシャツを脱ごうとしたけれど、ボタンが小さくて外すのに手間取ってしまう。

「どうした？『Ｒｕｓｈ《ラッシュ》（早くしろ）』」

「っ！」

早く脱ぐよう急かされて指先に神経を集中させ、なんとかボタンを外してシャツを脱ぐ。上半身はＳｕｂの証である赤いリボンのみの状態になり、恥ずかしさを覚えてしまう。

下も早く脱がないと、と焦りからモタモタしてしまったら、ジェラルドが表情を緩め言ってくれた。

「恥ずかしがることはない。ここには私と君しかいないのだから」

その一言が心にストンと落ち、下半身からも全ての衣服を脱ぎ去った。

今の時刻は夕方で、ランプを灯さなくとも部屋の中は十分に明るく、そんな環境で全裸になっていることを急に意識してしまい、白い肌を朱に染める。

「アール、『Ｃｏｍｅ（来い）』」

ようやく近くに行くことを許可され、いそいそとベッドを降りジェラルドの前の絨毯の上にペタンと座る。

すると途端にジェラルドが眉根を寄せ不機嫌な顔になり、語気を強めて叱責された。

「誰が座っていいと言った？」

アールは叱られたことで泣きそうになりながら、慌てて立ち上がる。

目元に涙が浮かんでいることを聡《さと》いこの男は気づいているだろうに、いつものように慰めてはくれず、代わりにアールの薄い胸をツッと爪でなぞった。

「ぁ……っ」

反射的に微かな嬌声《きょうせい》がこぼれてしまい自身の口元を両手で覆ったが、ジェラルドは動きを止めず、今度は指の腹で脇腹を撫でてきた。

「ん、んんっ」

抑えきれない声が漏れ、ビクビクと身体が跳ねてしまう。

ジェラルドはそんなことはおかまいなしに、次は手のひら全体を使って身体のラインを確かめるように手を動かす。

その指先が胸の突起を掠めると、アールはもう立っていられなくなって、ジェラルドの膝に縋《すが》りついた。

「『Stand up《スタンダップ》（立て）』」

休憩する間も与えられず命じられ、息を乱しながらゆっくりと立ち上がったが、そこで自分の身体の変化に気づいてしまった。

いつから反応を始めていたのか、下腹部にある中心が硬くなり始めている。

一日で快感を覚えているとわかる部分をジェラルドに見られたくなくて、両手でそこを覆い隠す。

――プレイでこんなに気持ちよくなってるって、知られたくない。

アールは全裸で息を乱しているが、ジェラルドはネクタイすら緩めず表情一つ変えていない。

彼はコマンドのみのプレイのつもりだろうに、自分が性的な興奮を覚えていると知ったら気持ち悪がられるかもしれない。

早く興奮を静めようと息を吸って長く吐き出してみるが、全く効果はなかった。

泣きたい気持ちでジェラルドの前に立っていると、彼は一番言われたくない言葉を口にする。

「まっすぐ立て。手をどけるんだ」

コマンドではなかったけれど、プレイに入り込んでいたため、コマンドを使われなくとも逆らえない状態だった。

そろそろと手を横に下ろすと、ジェラルドはアールを立たせたままおもむろにソファから降り、床に片膝をつく。

「ジェ、ジェラルド？」

立ち上がらせようと彼の肩に触れた瞬間、熱い吐息が中心に吹きかけられた。

「ひっ」

くすぐったくてもどかしい刺激を受け、腰が戦慄く。

下腹部を見下ろすと、ジェラルドが半分勃《た》ち上がったアールの中心を至近距離でしげしげと観察していた。

信じられない光景に、真っ赤になって彼の身体を押し返してしまう。

「や、やだっ」

「嫌なら、セーフワードを使え」

ジェラルドはそう言い置き、口を開いて舌を出す。その時に発達した犬歯がチラリと見え、本能的な恐怖が頭を過り、腰が引けてしまう。

「『Ｆｒｅｅｚｅ《フリーズ》（動くな）』」

この状況でコマンドを使われ、アールの中心はさらに勃ち上がる。

恥ずかしいのにジェラルドに命令されると脳が痺れ、この快感をもっと得たくて、抵抗する気力が失《う》せていった。

ジェラルドは躊躇いなくアールの中心に舌を這わせる。

「あっ」

下から上へと軽く幹を舐め上げられ、中心は完全に形を変えてしまった。

いくらジェラルドが弱視であっても、この至近距離なら全部見えているだろう。肉体まで気持ちよくなろうとしている浅ましい自分を、隅々まで見られてしまっている。

羞恥心で軽いパニックに陥り、ジェラルドに懇願する。

「お願い……、やめて……っ」

そう口にするけれど身体は異なる反応を見せ、刺激を求めて中心の先端から透明な蜜を滴らせる。

ジェラルドはその蜜をすすり、ついに全てを自らの口内へと誘った。

「あぁっ」

頭が真っ白になるような快感に、痙攣《けいれん》したかのように腰を震わせ背をのけぞらせる。

「やぁ、あっ」

口からは紛れもない嬌声が上がり、膝から崩れ落ちそうになった。

しかし、先ほどのコマンドに従わなくてはというＳｕｂの本能が働き、体勢を崩さないために咄嗟にジェラルドの耳と髪を掴んでしまう。

こんなことをしてはいけない、と思うのに、身体を支えていないともう立っていられない。

ジェラルドは全く気にしていないのか、下腹部に頭を埋め、中心をキャンディーのように口内で転がし、あふれる蜜をすすっている。

アールはものの数分で限界を迎え、それを伝えるために必死に言葉を紡ぐ。

「や、もう、もう、だめ……っ」

張り詰めた中心から絶頂が近いことがわかるだろうに、声を途切れさせながら訴えても、ジェラルドは頭をどけずさらに高みへと誘うように巧みに追い上げてきた。

「だ、だめっ。もう、もう……っ」

このまま絶頂に達するのは絶対に避けないといけないのに、陥落寸前の状態まで追い詰められる。

自分から腰を引いて逃げたくともコマンドに逆らうことは出来ず、ジェラルドのなすがまま身を預けるしか出来なかった。

——もう、我慢出来ない……っ。

目の前がチカチカし、限界ギリギリまで中心が張り詰める。

すると突然、ジェラルドが膨らんだ先端に牙を立てた。

その瞬間、味わったことがないほどの快感が全身を駆け巡り、気がつけば中心が弾けていた。

「ぁ————っ！」

ジェラルドの髪を両手で鷲摑みにし、内腿《うちもも》をブルブルと痙攣させる。

心臓の鼓動と連動するように、ドクドクと数回に分けてジェラルドの口内に快感の証を放出した。

コマンドがなければ、とっくに床にへたり込んでいただろう。

アールは忠実に命令を守り、足をガクガクさせながらもその場に立ち続け、ジェラルドをそっと見下ろす。

彼は白濁を全て飲み下し、濡《ね》れた唇を親指で拭って立ち上がった。

その瞬間、一気に頭が冷え、自分のしでかした罪の重さに頬が引きつる。

――ぼ、僕は、Ｄｏｍになんてことを……っ。

血の気を失い硬直していると、ジェラルドが両腕で包み込んでくれた。

「『Ｇｏｏｄ ｂｏｙ（いい子だ）』、命令を守れたな」

頭を撫でられ、間違っていなかったのだとホッと息をつき、嬉しさと安堵でジェラルドの背に腕を回し、身体を密着させて甘える。

その時、みぞおちのあたりに何か硬いものが当たっていることに気づいた。

なんだろう、と一瞬疑問に思い、すぐにその正体に思い至りカッと赤面する。

――ジェラルドも、僕と同じ……。

当たっているものがジェラルドの猛《たけ》った中心であることを悟り、落ち着かない気持ちになる。

自分だけが身体の接触を求めていると思っていたが、ジェラルドも同じように思ってくれたのか。

アールはおずおずと彼の顔を見上げる。

「ん？　なんだ？」

ジェラルドはＤｏｍの本能的な欲求が満たされたのか、普段と同じ穏やかな表情に戻っている。

アールも十分欲求を満たしてもらえた。

けれど、ダイナミクス性がもたらす欲求とは異なる部分で、もっと満たされたいと思ってしまう。

Ｄｏｍに限らずＳｕｂにも通じることだが、支配欲と肉欲は別物と考える者も多い。ジェラルドもそう考えているだろうと推測していたが、もしかしたらと淡い期待を抱き我慢出来ずに口にした。

「あの、あの……、ご褒美は？」

ジェラルドはご褒美をくれると言っていた。

催促するなんてあつかましいとわかっていながらも、勇気を振り絞っておねだりする。

「ご褒美が欲しいんです。こうして褒めてもらうのも十分嬉しいけど、ジェラルドからのご褒美が、もっと欲しい」

そう言って、アールは身をかがめ床に膝立ちになる。

とても大胆で分をわきまえないことだけれど、ジェラルドが肉体的な欲求を覚えているこの機会を逃したくなかった。

上質な生地を押し上げ存在を主張する膨らみに焦点を合わせ、ゴクリと唾を飲み込み、ぎこちない手つきで服の上からそこを擦る。

ジェラルドが息を飲む気配が伝わってきたが、気づかないふりで存在感のあるそこを上下に撫でさすった。

だが、服の上からでは出来ることが限られ、このくらいでは物足りないと思ってしまう。

上目遣いでジェラルドを見上げ、懇願する。

「ご褒美、ください」

ジェラルドが口元を片手で覆い、一度目を伏せる。

再び目を開いた時にはＤｏｍに戻っており、「『Ｓｔｏｐ（止まれ）』」と命じてきた。

――僕なんかに、触られたくないのか……。

アールは悲しい気持ちになりながら、コマンドに従いそこから手を離す。

するとジェラルドが先ほどのソファに再び腰を下ろし、しょんぼりうなだれるアールに向かって手招きしてきた。

「『Ｃｏｍｅ（来い）』」

「っ!!」

呼び寄せられたことが嬉しくて急いで彼の元へ行き、足の間に身体を入れるような形で座る。

「『Ｇｏｏｄ（上出来だ）』」

ジェラルドが素直に命令に応じたアールの髪を梳《す》きながら声をかけてくれたことで、強張った顔から緊張が抜け、表情が緩んだ。

「ご褒美は、もうやったつもりだったんだがな」

ジェラルドはフッと素の表情を覗かせ、苦笑しながら独り言を呟く。

「え？」

アールが聞き返した時にはすでに一切の表情が消えており、彼が泰然とした口調で問いかけてきた。

「ご褒美がそんなに欲しいのか？」

「はい……」

「なら、君の好きなようにしていい」

ジェラルドから許可をもらい、胸を高鳴らせる。

絨毯の上をジリジリ移動し、さらにジェラルドに近づく。

先ほどと同様、彼の中心は存在を主張したままで、アールはその部分を撫でた後、やっぱりこれだけでは満たされないと思った。慣れない手つきでベルトを外し、前を寛げその全貌を明らかにする。

――大きい……。

中から飛び出したジェラルドの中心は、明らかに自分とは比べものにならないほど質量があった。

アールは頬を紅潮させ、先ほど彼にしてもらったことを思い出しつつ逞《たくま》しい幹に唇を近づける。

熱く硬いその部分をペロリと舐めると、わずかにジェラルドがピクッと反応した。

それが嬉しくて、両手を中心に添え、小さな舌でペロペロと余すところなく味わっていく。

「『Ｇｏｏｄ（上出来だ）』」

ジェラルドが夢中で中心に舌を這わせるアールの頬を撫でてきた。

「口を大きく開けて、中に入れてみろ」

「んっ」

コクコク頷き口を開け、ジェラルドの反り返った中心を先端から飲み込んでいく。

――んんっ、苦しい……。

身長だけでも三十センチもの差があり、体格差による大きさの違いもあるのか、小さなアールの口にジェラルドの中心を全て収めきるのは、どう考えても出来そうにない。

ただ咥《くわ》えているだけでも口の中をめいっぱい占領され、どうやって息をしたらいいのかもわからないほどだった。

「アール、平気か？」

要領がわからず苦しそうにしていることに気づき、ジェラルドが一度口を離すよう指示してきた。

「一気に奥まで入れなくていい。苦しくないところまで入れてみろ」

「んっ……」

アールは再び口を開き、膨らんだ先端部分だけを含む。

「そのまま舌を動かしてみろ。『Ｌｉｃｋ（舐めろ）』」

コマンドを使われ、その心地いい刺激が全身に伝達されて、一生懸命舌を先端部分に絡める。

「『Ｇｏｏｄ（上出来だ）』、次はそのまま軽く吸ってみるんだ」

「ん、んっ」

言われた通りに吸い上げると、ジェラルドが熱を帯びた吐息を吐き出すのが聞こえてくる。

口を離さないままジェラルドの様子を窺うと、目を細め、感じてくれているようだった。

「『Ｇｏｏｄ ｂｏｙ（いい子だ）』、上手だ、アール」

惜しみなく褒められ、次第に彼の声しか耳に入らなくなっていく。

頭がぼうっとして、身体がフワフワしてくる。

自分を支配してくれるジェラルドしかこの世界には存在していないかのような錯覚を起こし、彼に褒められたいという願いが思考のほとんどを占めていった。

それがＳｕｂとしてこの上なく幸せで、もっとジェラルドに褒めてもらえるよう、アールは中心をむさぼる。

ジェラルドが長く嘆息し、小声で呟いた。

「サブスペースに入ったのか」

その言葉で自分がサブスペースに入っていることを自覚した。

以前、サブスペースに入った時よりも意識がぼんやりして、ジェラルドに強烈に惹かれている。

アールは恍惚《こうこつ》とした表情を浮かべながら一心不乱に奉仕し、ジェラルドはそんなけなげな様子を言葉を尽くして褒めてくれた。

とても満たされた気持ちになり、さらに奥まで中心を含み舌を使って彼を喜ばせる。

ジェラルドは頭を撫でていた手を頬に滑らせ、アールの口角から滴る唾液を指先で掬《すく》い取って言う。

「アール、『Ｓｔｏｐ（止まれ）』」

「ん……っ」

口から中心を引き抜き、不満を露わにした顔を向けてしまう。

ジェラルドの中心は天を仰ぎ反り返っているが、まだ達していない。

気持ちよくなかったのだろうかと落ち込むアールに、ジェラルドが次の指示を出す。

「後ろを向け。『Ｃｒａｗｌ（四つん這いになれ）』」

名残惜しさを覚えつつもジェラルドに背を向け、四つん這いになる。この格好ではジェラルドの動きが目で追えず心細い。

彼の大きな手のひらが感触を楽しむように臀部《でんぶ》を触り、そのくすぐったいような刺激で下腹部のあたりがムズムズしてくる。

「足を開け」

「……っ」

この体勢のまま足を開くと、恥ずかしい部分が丸見えになってしまう。

わずかに残っていた羞恥心がそうすることを一瞬躊躇わせたが、身体はすでにコマンドの使用がなくともジェラルドに従うことに悦びを覚えるようになっていた。

左右の足を外側にずらし、『Good boy』と褒めてもらえるのを待つが、なぜかジェラルドからはなんの反応もない。

この格好はまだ彼の望む姿ではないのだと思い、アールはさらに足を広げて首を捻りジェラルドの反応を確かめた。

「『Good boy（いい子だ）』」

やっと求めていたコマンドをもらえ、脳が痺れるほどの快感を得る。

それと連動して、アールの身体から力が抜けていくのを察したジェラルドが、臀部の合わせ目に唾液で湿らせた指を滑らせ、閉ざされた後孔を指の腹で軽く押してきた。

「んんっ」

ビクリと身体が反応すると、すかさずジェラルドが命じてきた。

「そのまま力を抜いていろ」

ジェラルドは後孔をわずかに押したり擦ったりと執拗に繰り返し、アールがそこを触られることに慣れてきたのを悟ると、あろうことか指先を内側へと差し込んできた。

「やあっ」

「傷つけるようなことはしない。私を信じろ」

アールはじっとジェラルドの金色の瞳を見つめ、震えながら頷いた。

ジェラルドの指はゆっくりと侵入を続け、ついに長い指が根元まで入れられてしまった。その状態でアールのしっぽをいじりながら、ゆるゆると抜き差しを始める。

痛くもないし、苦しくもない。けれど、後ろをいじられるという初めての感覚に、違和感を覚える。

浅い呼吸を繰り返している間に後孔の指が二本、三本と増やされていき、次第に動きも激しくなっていった。

ただ出し入れするだけでなく、中で指を折り曲げ何かを探すように内側から押してきて、そうされると背筋がゾクゾクする。

アールはもっとして、というように小さなしっぽを揺らしながら、自ら腰を振った。

するとジェラルドが唐突に指を引き抜き、ソファにゆったりともたれると「『Ｃｏｍｅ（来い）』」と命令してくる。

だが、彼の足の間に挟まっているからこれ以上近くに行けない。

困惑していると、ジェラルドに手を引かれ、彼の膝の上に誘われた。

「私の腰を跨ぐように乗れ」

「え……」

「『Ｓｉｔ《シット》（座れ）』！」

遠慮してまごまごしていると、強い口調で座るよう命じられてしまう。

アールはすぐに足を開きジェラルドの腰を跨ぐ。どこに手を置いていいのかわからず不安定に揺れる身体を、ジェラルドが背中に手を回して支えてくれた。

「アール、これからご褒美をやる。だが、もし少しでも嫌だと思ったら、すぐにセーフワードを言うんだ」

「はい」

ご褒美と聞き、期待に胸が膨らむ。

ジェラルドは手のひらでアールの痩せた太腿を撫で、告げてきた。

「もう一つ、私のＳｕｂに、教えておくことがある。私が『Ｐｒｅｓｅｎｔ《プレゼント》（さらせ）』と言ったら、膝を立てて足を大きく開くんだ。わかったか？」

「は、はい……」

Ｄｏｍがプレイ中に使う『Ｐｒｅｓｅｎｔ』というコマンドは、使う者によって意味合いが異なる。共通しているのは急所をさらすという点だが、人によってＤｏｍに見せる部分は様々だ。太い血管が走っている首筋や内腿などを指す場合もあれば、局部を見せるよう示されることもある。

ジェラルドが欲している『Ｐｒｅｓｅｎｔ』が何か、アールは教えてもらった。

「では、アール、『Ｐｒｅｓｅｎｔ（さらせ）』」

「はい……」

ジェラルドの肩に摑まり、膝を立てて大きく足を割り開く。

再び持ち上がった中心が丸見えになる格好に、羞恥心と快感が同時にこみ上げてきた。

「そのまま、楽にしていろ」

ジェラルドはそう指示して、アールの細い腰を摑み持ち上げた。

「あ……」

後孔をジェラルドの中心の上に持ってこられ、切っ先をピタリと押し当てられる。

これから起こるべきことを予感して、身体が無意識に強張った。

「セーフワードを覚えているな？」

「ん……」

頷いたのを確かめ、ジェラルドがアールの腰をゆっくり下ろしていく。

指で広げられていたけれど、それよりもずっと太いものが体内に侵入してくる苦しさに、アールは目に涙を浮かべてしまう。

それを舌で舐め取ったジェラルドが、「セーフワードを言え」と命じてくる。

しかしアールは頑《かたく》なに唇を開かず、ジェラルドの中心を全て飲み込んだ。

「っ、はぁっ」

腰をピタリと重ねた状態で息を吐くと、内側でジェラルドの中心がドクドクと脈打っているのがわかり、ゾクリとした快感が腰から這い上がってきた。

アールの小ぶりな中心がフルフル揺れ、何も刺激されていないのに、ぷくりと蜜をこぼす。

「ジェラルド、もっとご褒美、ください」

じっとしているだけでは腰がむずがゆく、どうにかしてほしくてうわ言のようにねだる。

ジェラルドは唇を寄せてきて、深くむさぼるようなキスを与えてくれる。

身体がグズグズに溶けていくような感覚に陥り、力の抜けたその身体をジェラルドが抱き直し、下から突き上げてきた。

「ああっ」

奥を小刻みに突かれ、一際大きな嬌声を上げてしまった。

背中を弓なりに反らせ、ジェラルドの逞しい腕に摑まって身体を支える。

唇を嚙み、声を上げないように意識する。こうでもしないと絶え間なくはしたない声を上げてしまいそうだった。

それに気づいたジェラルドが、「『Ｓａｙ（言え）』」とコマンドを使ってきた。

アールはうっとりしながら口を開き、恥ずかしい言葉を口にする。

「あ、んっ、……気持ちい……っ」

恥ずかしげもなく快感を覚えていることを口走っていることにすら興奮し、中心からとめどなく蜜が滴る。

「これが気に入ったのか？」

「ん、奥が、気持ちいい、あっ、もっと……っ」

ジェラルドが腰の動きを速め、乱暴なくらい強く奥を突いてくる。

「このまま、達せそうか？」

「わかんな……、ああ、あっ」

もう頭の中がグチャグチャで、自分が達しているのかどうかすらも判断出来ないほど、初めての行為におぼれていく。

「あん、ん、あっ、あぁ――っ！」

内壁を抉《えぐ》るように腰を動かされ、意識を失いそうになるほどの快感が身体を突き抜けていく。

目の前が霞《かす》み、アールは息を詰めて白濁を吐き出した。

この体勢だと、きっとジェラルドの軍服を汚してしまっただろう。駄目だと思ったのに我慢出来なくて、全て解き放ってしまった。

「くっ……っ」

ジェラルドが低く呻《うめ》き、絶頂の余韻で戦慄く腰を強く摑んで猛々しく腰を打ちつけてきた。

普段の彼からは想像も出来ない荒々しさに興奮し、腰をくねらせ貪欲に快楽をむさぼる。

やがて最奥を突いたジェラルドが息を止め、その直後、中に熱い飛沫《しぶき》が放たれたのを感じてアールは身震いする。

「ジェラルド……」

「アール、『Ｋｉｓｓ（キスしろ）』」

「は、い……」

彼の逞しい首に両手を絡め身体を密着させて、唇を合わせた。

もうこれが夢か現実かもわからないほど、頭の中がフワフワしている。

――こんなに満たされるなんて思わなかった。

肉体を重ねるプレイだからだろうか。

いや、相手が彼だからだ。

心から愛し、信頼し、尊敬するジェラルドとのプレイだから、ここまでの充足感が生まれた。

「……僕を、ずっと傍に置いてください」

それは意識せずに出た言葉。

離れたくないという本能よりも強い欲求に突き動かされ、アールはジェラルドに縋りつく。

彼が頬ずりするように抱き返して、掠れた声で返してくれる。

「当たり前だ。私のＳｕｂは、君以外にいない」

その一言が身も心も満たし、アールは今までの人生で一番大きな幸せを感じた。


いつの間にか眠っていたアールは、耳にくすぐったさを覚え、閉ざしていた瞼を開ける。

虫でもついているのかとピコピコ耳を動かすと、すぐ真横で衣擦《きぬず》れの音がした。

え？　と頭を持ち上げると、広いベッドの上で横になって頬杖をつき、アールの耳を撫でているジェラルドと目が合った。

「ジェラルド？　何をしてるんですか？」

尋ねた後で、彼と身体を重ねたことを思い出し、顔がほのかに赤くなる。

――すごい恥ずかしいことを、たくさん言っちゃった……。

気恥ずかしさから身体にかけられているブランケットを頭まで被ると、隠しきれなかった耳を触りながら、ジェラルドがポツリと呟いた。

「傷が残ってしまったな」

――耳の傷のこと？

ジェラルドが寄宿舎に面談に訪れた時にも耳を触られ確認されたが、今の口ぶりはまるで当時のことを知っているような感じだった。

ブランケットからそろそろと顔を出すと、ジェラルドはアールの忘れていた大切なことを教えてくれた。

「十年前、軍に入ったばかりの私は、地方に配属された。そこは君の故郷で、アールの乗った車が襲われた時、私はたまたま近くを巡回していたんだ。肉食獣が車を襲っているのを目撃し助けに入ったが、ほとんどのＳｕｂが連れ去られてしまい、耳に怪我を負ったネザーランドドワーフ種の子だけ救い出すことが出来た」

アールは耳をピンと伸ばし、ジェラルドの話を一言も聞き逃さないように集中する。

「気を失ったその子は軍医に手当てしてもらい回復したが、自分がどこから来たのか幼すぎて話すことが出来ず、仕方なく寄宿舎に連れていった。当時は寄宿舎にいれば安全だと思い込んでいたんだ。ザカリーが裏で何をしているのかも知らずに……。ザカリーの悪事に気づき始めてからは、その子のことがずっと気がかりだった。私がもっと早く駆けつけていれば、怪我を負うことはなかったのにと……。しかもあろうことかザカリーの息のかかった寄宿舎に、自ら連れていってしまったのだから、忘れることは出来なかった」

ジェラルドはそこで一度言葉を区切り、続けた。

「こんなに気になるのなら、その子が大きくなったらパートナーとして迎えようと、そう思った。ただ、私みたいな目に欠陥があるＤｏｍに引き取られるより、他のＤｏｍに引き取られた方が幸せだろうと考え、しばらく待つことにした。十八歳になる直前になっても引き取られていなければ、もしくはザカリーに仲介されたＤｏｍに引き渡されるようなら、私がパートナーとして名乗りを上げようと決めていたんだ。皮肉なことに、十八歳になるまでは寄宿舎で暮らしていれば安全だからな」

アールは予想もしていなかった話に、瞳を大きく見開く。

——僕を選んでくれたのは、ジェラルドが助け出した子だったからなのか……。

そんなに昔から、ずっと気にかけてくれていた。

その間、他にパートナーも作らず、アールの行く末を見守ってくれていた。

——責任感の強いジェラルドらしい。

優しい人だから、可哀相《かわいそう》なＳｕｂの子を放っておけなかったのだろう。

彼にはそれ以上の想いはないのだと思ったが、ジェラルドはさらに続きを口にする。

「辛い経験をさせてしまったから、引き取ってからはひたすら優しくしようと思っていた。だが、駄目だな、私のために一生懸命尽くそうとする姿を見て、愛しいと思わずにはいられなかった。全て私のものにしてしまいたいと……。欲求に負けて、手を出してしまった」

自分も他の自分勝手なＤｏｍと同じだとジェラルドは自嘲気味に笑うが、アールにとってはそれはとても嬉しい告白だった。

突然のことに彼はびっくりしていたが、しっかりと抱き返してくれた。

広くて温かい胸に顔を埋め、心から愛しているのだという想いを言葉に込める。

「ジェラルドが好き。ジェラルドがＤｏｍじゃなくてＮｅｕｔｒａｌでも、Ｓｕｂだったとしても、僕はきっとあなたを好きになったと思います。そのくらい僕は、ジェラルドが大好きなんです」

ジェラルドはそんな風に言われると思っていなかったのか、少し驚いた顔をした後、とても嬉しそうに微笑んだ。

「私も同じだ。Ｓｕｂだから傍に置きたいわけではなく、アールだから一緒にいてほしいと思う。心から君を愛しているんだ」

アールは涙ぐんでしまい、そんな泣き顔を見られたくなくてジェラルドの肩口に顔を埋める。

ＳｕｂはＤｏｍに庇護されないと幸せになれないと教えられてきた。

けれどアールは過去の経験から、Ｄｏｍを恐れてしまっていた。

そんなアールを救ってくれたのは、優しい肉食獣のジェラルド。

彼なら怖くない。

ダイナミクス性を抜きにしても、アールはきっと彼に惹かれたと思う。

たゆまぬ努力を重ね、その分他者に優しく出来る人だから、彼を好きになった。

消え入りそうな涙声で、ひっそりと告白する。

「僕も、愛してます」

ジェラルドの耳にその言葉はしっかり届いたようで、甘いキスを幾度も贈ってくれた。

＊＊＊＊＊

「わあ、いい風」

アールは車の窓を開け、頬を撫でる心地いい風に目を細める。

窓の外には広大な草原がどこまでも続いていた。

「あと一時間もしないうちに着くだろう。見覚えのある景色はあるか？」

「いいえ、故郷を出たのは七歳の時なので、家の周りのことしか覚えてなくて」

少し寂しさを滲ませながらそう言ったアールの手を、ジェラルドが励ますように握り込んでくれる。

「立派に成長した姿を見たら、君の両親も喜ぶだろう」

「はい」

アールは彼の手に指を絡める。

――まさか帰ってこられる日がくるなんて……。

何もかも、ジェラルドのおかげだ。

ただでさえこの二ヵ月、ザカリーが起こした事件の事後処理でとても忙しくしていたのに、こうして約束を守り旅行へ連れて来てくれたことをとても感謝している。

国王への報告会があったあの日、イタチ族の男性がキャンディーに込めたメッセージに気づいてくれ、アールが連れ去られたことをジェラルドに伝えてくれたそうだ。

ジェラルドはアイザックにその旨を伝え、二人でザカリーの屋敷に乗り込んだ。

元々ザカリーを疑っていたため、事前に入手していた屋敷の見取り図で地下室にあたりをつけ、アイザックがそこまで誘導してくれたのだという。地下室のドアの前にいた見張り役は倒したが、すぐに侵入者に気づいた警備兵たちが集まって来たため、アイザックが囮《おとり》になることでアールを救出する時間を稼いだらしい。

その後はアールも当事者として目にしたように、ザカリーがジェラルドを捕らえるよう警備兵に命じたことでアイザックの見張りは一人だけになり、持っていた杖で反撃した後、軍に応援を頼み、ジェラルドに加勢するために翼で風を起こしたそうだ。

アイザックの協力がなければ危ないところだった。

ジェラルドはその翌日、王宮へ出向き国王に、ザカリーが書簡を偽造し、不当な徴税を行っていたことと、寄宿舎の教育方針を始めＳｕｂへの非人道的な行いを報告した。その後、重臣たちを集めて聴聞会が開かれ、ザカリーの進退についての話し合いが行われた。

ザカリーは、書簡は偽造したものではなく、ローデマー家の紋章も本物であるとし、ジェラルドこそ裁かれるべき悪人で、自分は濡れ衣を着せられて失脚させられそうになっているのだと主張した。

二人の相反する主張に重臣たちの間でも意見が割れ、一時は人望が厚いザカリーの証言が真実だという声が過半数を占めた。

ところが、最後にジェラルドが証人としてザカリーのプレイパートナーであり、寄宿舎の教師であるエランド種の女性を連れて来て、証言台でジェラルドの潔白とザカリーの悪行を証言したことで、事態は急展開を見せた。

教師はザカリーに繁殖に回るか、それとも寄宿舎でＳｕｂの子供たちを管理するか選ぶよう命じられ、仕方なく後者を選び、長年洗脳とも受け取れる教育を施してきたと打ち明けたのだ。

Ｄｏｍのためだけに生きるよう教えを説き、子供たちをＤｏｍにとって都合のいい存在になるよう育て続けたことに、同じＳｕｂとしてとても心を痛めていたという。十八歳になって引き取られなかった教え子を、ひどい扱いを受けると知っていながら送り出さなくてはいけなかったことも、とても後悔していると涙ながらに語ったそうだ。

さらに教師は証拠品として、ザカリーに言われて寄宿舎に保管していた人身売買に関する書類などの隠し場所を打ち明け、証言通りの場所からそれらが出てきたことが動かぬ証拠となり、重臣たち総意でジェラルドの主張を支持することが決まった。

結果、ザカリーは地位を剝奪され、王都から遠く離れた僻地《へきち》へ追放処分となった。今後は軍が彼を見張るそうで、二度と表舞台に立つことはないだろう。

また、発見された人身売買の書類から、さらわれたＳｕｂの子供を買った肉食獣の名も明るみになり、その者たちも聴取を受け、王宮に出入りすることを永久に禁じられた。

この一件は多くの肉食獣たちに衝撃を与え、特にＳｕｂをパートナーとして大切にしている者たちは、何人もの罪なき子供が被害に遭ったことや、寄宿舎を強制的に卒業させられたＳｕｂの末路、それらの事実に怒りを露わにしていた。それと同時に、パートナーが自分を信頼し従順に尽くしてくれているのは、寄宿舎で洗脳に近い教育をされていたからだと知り、そのことにもショックを受けていた。

　とても悲惨な事件だったが、このことがきっかけでＳｕｂに対する処遇について改めて話し合いが持たれることになり、肉食獣のパートナーとなっているＳｕｂたちにもこのまま関係を継続するかどうかを選ばせ、不当な扱いを受けていた者は解消を選び自由の身になった。

　改革が少しずつ進められる中で、ジェラルドが着手したのは教育の在り方の見直しだ。

　現在、肉食獣は成人した後に国を動かす立場になるための教育を受け、Ｓｕｂについては欲求を満たすためだけの存在だと教えられており、Ｓｕｂの人権については触れていない。

　幼い頃からのそういった教育が今回の事件を生み出しているのではという声が上がり、ＳｕｂはＤｏｍにとってなくてはならない存在で、支配するのではなく信頼関係を築くことが必要だと認識させるための教育を受けさせていくことになった。

　またＳｕｂの寄宿舎についても、Ｄｏｍに都合のいい存在となるよう強制するような教育は廃止し、Ｓｕｂの子供たちの意識を変え、安全に通える学校へと改革していくことになった。

　しかし、長きに渡りこの国の常識となっていたＤｏｍとＳｕｂの支配関係がすぐに対等に、とはならないだろう。

　けれど、本能で互いを必要とし求めているのだから、きっとよりよい関係が築けるようになるはずだ。

ジェラルドは同じ考えを持つ肉食獣たちと協力して、この国を少しずつ変えていこうとしている。

そしてアールも、ジェラルドの掲げたダイナミクス性に縛られずに自由に生きられる国という理想の実現のために、彼を公私共に支えたいと思っている。

今はまだ、アイザックのさらに補佐をするくらいしか出来ていないけれど、いつか誰よりも彼を支えられる存在になりたい。

「あ、村が見えてきました！　ジェラルド、あれが僕の故郷です」

ジェラルドの視力では、遠目にやっと見えてきた建物は判別出来ないだろう。

けれど彼は優しく微笑み「いいところだな」と返してくれた。

「この目にちゃんと見えずとも、君の声を聞けば美しいところだということが伝わってくる。アールは私の新しい目だ。君のおかげで、私はこの世界の美しさを知ることが出来る」

アールは彼の手を持ち上げ、そこに頬をすり寄せる。

自分が笑顔になっていることを、きちんと伝えるために。

「嬉しいです。一人じゃなくて、ジェラルドと一緒に帰ってこられたから」

「アールが喜んでくれて、私も嬉しい」

ジェラルドはフワリと微笑み、アールは彼に身を預け目を閉じる。

ジェラルドと出会うまで、自分の世界はとても狭く息苦しいものだった。

けれどそこからジェラルドが救い出してくれ、パートナーにしてもらえたことで、アールの世界は美しく輝き出したのだ。

「ジェラルド、ずっと一緒にいてください」

ジェラルドの指が顎にかかり、顔を上向かされる。

そのまま唇を寄せられ、キスされた。

「君を、愛している」

コマンドを用いなくとも、ジェラルドの言葉がこの身を縛り甘く疼《うず》かせる。

最愛のパートナーに寄り添うアールの首元で、ジェラルドの瞳と同じ金色のカラーが、太陽の光を浴びてキラリと輝いていた。

あとがき

このたびはお手に取っていただき、ありがとうございます。

今回はＤｏｍ／Ｓｕｂユニバースを書かせていただきました。

少し前までＤｏｍ／Ｓｕｂユニバースとはなんぞや？　といった状態でしたが、気になって読んでみたところ、とても私の嗜好にあっていて、これはぜひとも書かなくては！　と思ったのがこのお話を書くきっかけです。

そんな今作の中で一番こだわった部分は、軍服です！

攻の仕事をどうしようか悩み軍人にしたのですが、イラストをお願いする段階になって、「あれ？　これ、私の好きな軍服を描いてもらえるじゃん！」と気づき、自分の中の軍服萌えと語り合い、「丈の長い上着にベルトだ！」となりました。

どうでしょうか。ジェラルドの軍服、素敵ですよね！

ジェラルドについてもう一つ秘密を打ち明けますと、キャラの名前を考えている時、暑い日が続いておりまして、「暑い……。アイス食べたい……」となって、アイス→ジェラート→ジェラルド、となった次第です。

受のアールという名前もけっこう悩みまして、ウサギ→Ｒａｂｂｉｔ→頭文字がＲ→ア

あとがき

ール、になりました。

名づけが好きなのですが、たまにこんな感じで連想してつける時もあります。

あ、過去作の『獣人《じゅうじん》騎士《きし》と幸福《こうふく》の稀人《まれびと》』のブレットも同じ原理で、パン食べたい↓パン↓ブレッド↓そのまんまは申し訳ないからブレット、になりました。

ですので、『獣人騎士と〜』を読むと、「あの時はすごくパン食べたかったんだよな」と当時のことを思い出します。おそらく今作も読み返すたびに「この時は暑くてアイス食べたかったんだよね」と思い出すことでしょう(笑)

さて、今作でもたくさんの方々のお力をお借りし、一冊の本にしていただくことが出来ました。

担当様、いつもありがとうございます。たびたび原稿が遅れて申し訳ありませんでした。

イラストを描いてくださったサマミヤアカザ先生、とても美しく描いてくださりありがとうございました。感激です！

そしてここまで読んでくださった皆様、数ある本の中から選んでくださりありがとうございます。何かお心に残るものがありましたら嬉しいです。

それでは、ここまでお付き合いくださり、ありがとうございました。

月森《つきもり》　あき

大神官に捧ぐ甘美なおもてなし《だいしんかんにささぐかんびなおもてなし》

月森あき
イラスト：カズアキ

本体価格870円+税

料理人の東田旭は、ある日、アルドと名乗る少年によってヘイデン王国という異世界へ連れて行かれてしまう。なんとアルドは天上から舞い降りたヘイデン王国の守り神で、この世で一番美味しい料理を食べたいと旭を連れて来たという。その日から旭はアルドを唸らせる料理を作るため神殿の厨房で働くことに。慣れない異世界の食材に苦戦する中、神官であるロイグラーフの存在を知る。寡黙なロイグラーフはアルドとは違い食に興味がなく、旭が作った料理もほとんど口にしない。さらに、王家の血を引く元王子らしいが、今は感情を忘れたかのように冷めた態度で周りを遠ざけていて…？

リンクスロマンス大好評発売中

孤独な鬼王と千年の秘め恋《こどくなきおうとせんねんのひめこい》

月森あき
イラスト：れの子

本体価格870円+税

神社の息子の蒔田凛は、幼い頃からあやかしが見える特異体質だった。そんな凛は十八歳の誕生日、突如千年前の世界に飛ばされてしまう。実は凛は赤子の時に現世に送られた呪術者で、あやかしの統領として恐れられている鬼を封印できる唯一の存在らしい。呪術者としての修練を積む中、凛は雪雅と名乗る不思議な男性と出会う。雪雅は白髪赤眼の奇異な見目を隠すため面を被っているらしいが、心優しく穏やかな人柄で、見知らぬ地に運ばれた凛の心を癒してくれた。次第に淡い恋心を抱き始める凛だが、実は雪雅はあやかしたちの統領の鬼で、凛が封印しなければならない相手で…？

砂漠の王は精霊使いに悠久の愛を誓う

さばくのおうはせいれいつかいにゆうきゅうのあいをちかう

月森あき
イラスト：小禄

本体価格 870 円+税

水の精霊使いのリーファは、王の命で、友好関係にある砂漠の国・アガスティア王国の水不足を救うため海を渡った。しかし、航海の途中で嵐に遭い、なんと八歳の子供の姿になってしまう。そんなリーファを助けてくれたのは、アガスティア王国・第一王子のサラムで、リーファは子供の姿のまま、サラムと共に水源を探すことになった。砂漠での活動を通してサラムとの間に固い絆と友情が芽生え始めた折、リーファは一時的に本来の十八歳に戻ることに成功する。しかし、その姿でサラムに会ってしまい、子供のリーファと同一だと気づかれないまま、思いかけず交流を持つことになり――？

リンクスロマンス大好評発売中

獣人騎士と幸福の稀人

じゅうじんきしとこうふくのまれびと

月森あき
イラスト：絵歩

本体価格870円+税

獣医の有村遙斗は愛犬のレオと共にイガルタ王国という異世界に飛ばされた。そこは狼の獣人が棲む世界で、原因不明の疫病が蔓延し国家存続の危機に直面しているらしい。国を救う神としてレオが召喚されたらしいが、人間の遙斗は「異形の者」として獣人たちに忌み嫌われてしまう。そんな遙斗に唯一優しくしてくれたのが、騎士団長の銀狼・ブレットだった。寡黙だが真摯で誠実なブレットに「この身に代えてもハルトを守る」と誓われ遙斗は次第に心を許していく。しかしブレットが温情を向けてくれるのは遙斗が神であるレオの一番近くにいるからで、ただの任務にすぎないと思うと切なくなり…。

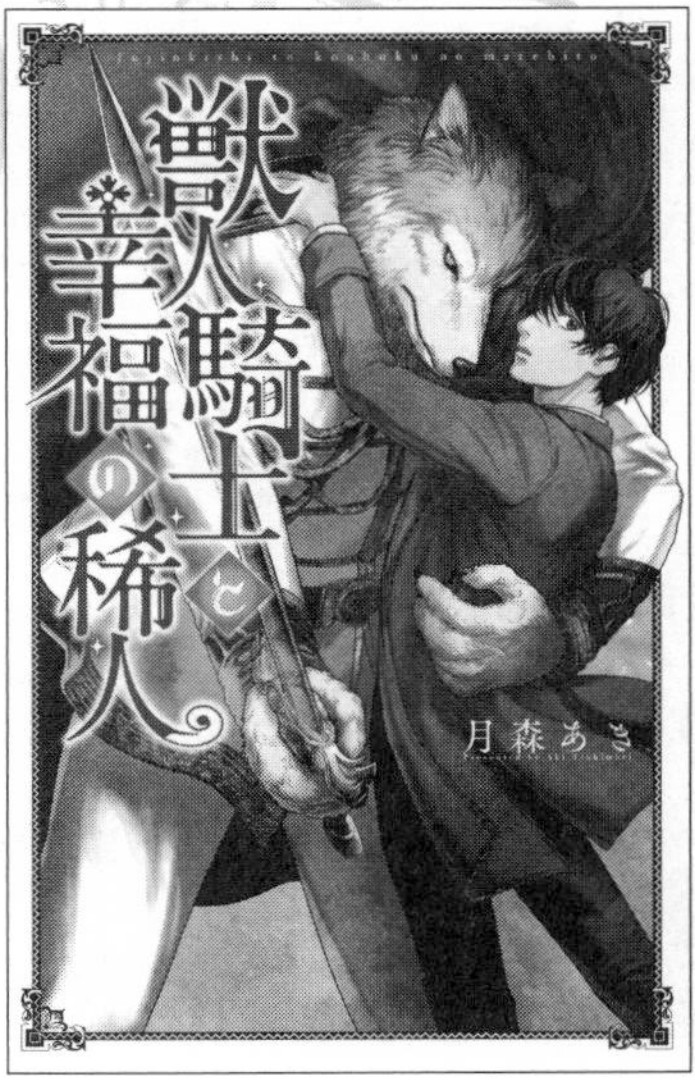

小説原稿募集

リンクスロマンスではオリジナル作品の原稿を随時募集いたします。

募集作品

リンクスロマンスの読者を対象にした商業誌未発表のオリジナル作品。
（商業誌未発表のオリジナル作品であれば、同人誌・サイト発表作も受付可）

募集要項

＜応募資格＞
年齢・性別・プロ・アマ問いません。

＜原稿枚数＞
４５文字×１７行（１枚）の縦書き原稿、２００枚以上２４０枚以内。
※印刷形式は自由。ただしＡ４用紙を使用のこと。
※手書き、感熱紙不可。
※原稿には必ずノンブル（通し番号）を入れてください。

＜応募上の注意＞
◆原稿の１枚目には、作品のタイトル、ペンネーム、住所、氏名、年齢、電話番号、メールアドレス、投稿（掲載）歴を添付してください。
◆２枚目には、作品のあらすじ（４００字～８００字程度）を添付してください。
◆未完の作品（続きものなど）、他誌との二重投稿作品は受付不可です。
◆原稿は返却いたしませんので、必要な方はコピー等の控えをお取りください。
◆１作品につき、ひとつの封筒でご応募ください。

＜採用のお知らせ＞
◆採用の場合のみ、原稿到着後６カ月以内に編集部よりご連絡いたします。
◆優れた作品は、リンクスロマンスより発行させていただきます。
原稿料は、当社既定の印税でのお支払いになります。
◆選考に関するお電話やメールでのお問い合わせはご遠慮ください。

宛　先

〒151-0051
東京都渋谷区千駄ヶ谷４−９−７
株式会社　幻冬舎コミックス
「リンクスロマンス　小説原稿募集」係

LYNX ROMANCE イラストレーター募集

リンクスロマンスでは、イラストレーターを随時募集いたします。

リンクスロマンスから任意の作品を選び、作品に合わせた
模写ではないオリジナルのイラスト（下記各1点以上）を描いてご応募ください。
モノクロイラストは、新書の挿絵箇所以外でも構いませんので、
好きなシーンを選んで描いてください。

1 表紙用 カラーイラスト

2 モノクロイラスト（人物全身・背景の入ったもの）

3 モノクロイラスト（人物アップ）

4 モノクロイラスト（キス・Hシーン）

募集要項

＜応募資格＞

年齢・性別・プロ・アマ問いません。

＜原稿のサイズおよび形式＞

◆Ａ４またはＢ４サイズの市販の原稿用紙を使用してください。
◆データ原稿の場合は、Photoshop（Ver.5.0 以降）形式でＣＤ－Ｒに保存し、
出力見本をつけてご応募ください。

＜応募上の注意＞

◆応募イラストの元としたリンクスロマンスのタイトル、
あなたの住所、氏名、ペンネーム、年齢、電話番号、メールアドレス、
投稿歴、受賞歴を記載した紙を添付してください（書式自由）。
◆作品返却を希望する場合は、応募封筒の表に「返却希望」と明記し、
返却希望先の住所・氏名を記入して
返送分の切手を貼った返信用封筒を同封してください。

＜採用のお知らせ＞

◆採用の場合のみ、６カ月以内に編集部よりご連絡いたします。
◆選考に関するお電話やメールでのお問い合わせはご遠慮ください。

宛先

〒151-0051 東京都渋谷区千駄ヶ谷４－９－７
株式会社　幻冬舎コミックス
「リンクスロマンス　イラストレーター募集」係

この本を読んでの
ご意見・ご感想を
お寄せ下さい。

〒151-0051
東京都渋谷区千駄ヶ谷4-9-7
(株)幻冬舎コミックス　リンクス編集部
「月《つき》森《もり》あき先生」係／「サマミヤアカザ先生」係

リンクス ロマンス

黒き獣は臆病うさぎに最愛を刻む―Dom/Subユニバース―

2023年1月31日　第1刷発行

著者……………月《つき》森《もり》あき
発行人…………石原正康
発行元…………株式会社　幻冬舎コミックス
〒151-0051　東京都渋谷区千駄ヶ谷4-9-7
TEL 03-5411-6431（編集）
発売元…………株式会社　幻冬舎
〒151-0051　東京都渋谷区千駄ヶ谷4-9-7
TEL 03-5411-6222（営業）
振替00120-8-767643
印刷・製本所…株式会社　光邦
検印廃止

ISBN978-4-344-85175-7 C0293
Printed in Japan

幻冬舎コミックスホームページ　https://www.gentosha-comics.net